D1554717

NEWTON
LA HUELLA DEL FIN DEL MUNDO

NEWTON
LA HUELLA DEL FIN DEL MUNDO

RAÚL VALLARINO

Santillana Ediciones Generales, SA de CV
Av. Río Mixcoac 274, col. Acacias
CP 03240, teléfono 54 20 75 30
www.sumadeletras.com/mx

Diseño de cubierta: Cover Kitchen

ISBN: 978-607-11-3204-8
Primera edición: marzo de 2014

Impreso en México

«Encuentro más indicios de autenticidad en la Biblia que en cualquier historia profana».

Isaac Newton (1642-1727)

El presente

El joven sacerdote Donato Cavalieri viajaba de regreso a Roma, sin poder apartar de su mente los desgraciados acontecimientos de los que había sido testigo. Sentado en el tren, con la mirada perdida en el paisaje que se divisaba a través de la ventanilla, intentaba buscar una explicación a aquellos extraños sucesos.

Con el propósito de investigar y saber quiénes habían estado implicados en la muerte de su hermano, había viajado a Estados Unidos, luego a Venecia, pero nunca, ni en sus peores pesadillas, habría podido imaginar que todos sus esfuerzos culminarían en aquella trágica cadena de adversidades, en la que varias historias secretas se entrecruzaban.

Una y otra vez se atormentaba intentando encontrar la relación de todo aquello con las extrañas circunstancias en las que se había producido el asesinato de su hermano mayor. Sabía que todavía existían demasiados secretos que debían salir a la luz, pero, al mismo tiempo, era totalmente consciente de que sus superiores en el

Vaticano, salvo contadas excepciones, nunca lo iban a permitir.

Hasta el momento, durante su investigación, solo había obtenido alguna pequeña ayuda extraoficial de la Santa Sede, pero siempre y cuando no sobrepasara ciertos límites, como continuar investigando más allá de las causas de la muerte de Camillo, su querido hermano también sacerdote. Ahora sabía la verdad.

Instintivamente, se llevó la mano derecha al bolsillo interior de la chaqueta para cerciorarse de que las fotografías que guardaba aún estaban ahí.

En manos de los servicios secretos del Vaticano, esas imágenes del pasado desaparecerían de inmediato. Su Santidad, el papa Pablo VI, ya había ordenado silenciar su existencia y esconder como secreto de Estado la forma en que se habían obtenido.

Cavalieri había perdido la confianza en las autoridades eclesiásticas, pero su fe en Dios se acrecentaba día a día. De esto último no tenía ninguna duda.

Jamás habría podido imaginar que, tratando de buscar respuestas con el fin de restituir el honor de su hermano, acabaría enfrentándose a uno de los secretos mejor custodiados por la Iglesia católica. ¿Tal vez había sido un designio divino lo que le había hecho descubrir aquel enigma capaz de cambiar radicalmente la historia del catolicismo?

Él buscaba otra verdad más profana y, de pronto, apareció algo inesperado, una misteriosa historia en la que también había estado implicado Camillo Cavalieri, su hermano, el sacerdote que, por orden de la Santa Sede, trataba de resolver extraños sucesos que afectaban al Vaticano.

Miró el reloj, aún faltaba bastante tiempo para llegar a Roma.

Pensó en todas las personas que le habían ayudado; recordó al viejo cura Giacomo Varelli, entrañable amigo de su hermano que se había hecho cargo de su educación desde que quedó huérfano; a sor Agustina, la exmonja portuguesa que, por negarse a aceptar las estructuras arcaicas de una Iglesia católica donde las mujeres estaban supeditadas al mandato de los hombres, había renunciado a su condición para poder denunciar así los abusos del Vaticano.

Recordó a Rafael Menéndez, el sacerdote español que en un principio había aparecido como un enemigo y que después se había transformado en la persona que más le había protegido, su verdadero aliado en los momentos decisivos, hasta el punto de que entre ambos había nacido una verdadera amistad.

También estaba Franco Moretti, su superior inmediato en la Santa Sede, del que en muchas ocasiones dudó y cuya ayuda fue más bien escasa... Quizás había sido solo un instrumento en manos de la curia vaticana. Donato intentaba alejar esa idea de su cabeza, ya que siempre había querido creer que podía confiar en la protección de Moretti.

Tratando de no pensar, pensaba, y todo volvía a renacer en su mente. Habían pasado muchos años desde la muerte de su hermano, acaecida cuando Donato era apenas un niño. Las extrañas causas de aquel trágico suceso habían estado dormidas, aunque siempre latentes, quizás esperando a que el joven se hiciera un hombre y lograra esclarecer los hechos y así descubrir la verdad.

Pero esa verdad estaba mezclada con otros secretos inconfesables que el Vaticano ocultaba con celo. Unos secretos envueltos también en el más profundo misterio, aquel cuya revelación podía hacer tambalear los cimientos de la Iglesia católica.

¿Realmente era ahora Donato Cavalieri el encargado de desvelarlos?

Ciudad del Vaticano, diciembre de 1983

El sacerdote Giacomo Varelli, un hombre de mediana edad, robusto y calvo, caminaba presuroso por la inmensa sala de sesiones donde se reunirían los miembros de la Secretaría de Estado de la Santa Sede; debía ultimar los detalles del encuentro. Cada participante debería disponer, junto a su lugar asignado en la mesa, de todo el material documental que pudiera necesitar durante los debates que fundamentarían la decisión final.

Tres ayudantes habían ido distribuyendo sobre la mesa del plenario las carpetas con la información sobre el tema que iba a tratar la Sección para las Relaciones con los Estados, o Segunda Sección, dependiente de la Secretaría de Estado del Vaticano, que se reuniría esa tarde. Entre sus cometidos se encuentra el nombramiento de obispos en los países con los que la Santa Sede tiene establecidos tratados o acuerdos. Pero también atiende los asuntos que deben acordarse con los gobiernos de distintos países y las relaciones diplomáticas con los Estados, y ese día la Santa Sede debía formalizar uno de los acuerdos más trascendentales de los últimos años.

Giacomo Varelli era el responsable de todo el papeleo en esas reuniones, y se lamentaba de que le hubieran llamado a última hora, apenas sin tiempo suficiente para hacer su trabajo como a él le habría gustado.

Habría deseado entregar más información por escrito, explicando detalladamente el asunto a tratar. Su metodología de trabajo distaba mucho de lo que se veía obligado a hacer en ese momento, ya que, en este caso, su manera minuciosa y eficiente de preparar una reunión resultaba imposible, y le ponía muy nervioso no tener las respuestas preparadas por si alguno de los cardenales le consultaba o le pedía aclaraciones sobre determinada cuestión.

Pero tampoco tenía tiempo de seguir lamentándose. Los miembros de la Comisión Pontificia, acompañados por sus secretarios personales, comenzaban a llegar.

El deseo del papa Juan Pablo II, comunicado por uno de sus secretarios, no dejaba lugar a dudas: esa tarde debía redactarse el acuerdo para proceder a su presentación. Era una cuestión de Estado y, por tanto, de tramitación urgente.

Allí, en los folios encarpetados, estaba históricamente detallada la situación en la que en ese momento se encontraban las relaciones entre el Vaticano y Estados Unidos.

Nada podía quedar al azar, todo debía ajustarse a derecho y no se admitiría equivocación alguna en la redacción final del documento. Apenas tuvo tiempo de colocar en las carpetas el último folio, que resumía brevemente la situación diplomática actual con Estados Unidos. Leyó las líneas finales para verificar que no contenían ningún error y, con cierto temor, se dispuso a recibir a los prelados.

El sacerdote Varelli saludó a cada uno de los miembros de la sección, y sus nervios fueron en aumento.

—Todo debe salir a la perfección —se dijo.

Después de más de cien años de desconfianzas y recelos recíprocos, Estados Unidos y la Santa Sede estaban a punto de restablecer relaciones diplomáticas. El presidente estadounidense en ese momento, Ronald Reagan, trataba por todos los medios de acercarse al Vaticano*.

* Desde 1797, Estados Unidos mantenía relaciones consulares con los entonces Estados Pontificios. Las relaciones oficiales fueron establecidas en 1848, pero el aumento de la hostilidad hacia los católicos hizo que, en 1867, el Congreso adoptase una ley que prohibía la concesión de los créditos necesarios para el mantenimiento de una embajada en el Vaticano. Esta cerró sus puertas al año siguiente, dos años antes del final del poder temporal de los papas. Las relaciones consulares fueron suspendidas también al desaparecer los Estados Pontificios.

Los protestantes se sublevan

La noticia se conoció en Roma a través del periódico *L'Osservatore Romano,* que, en su edición del 9 de enero de 1984, informaba ampliamente de que, después de 116 años, se restablecían las relaciones diplomáticas entre la Santa Sede y Estados Unidos.

Días después, Giacomo Varelli contaba sobre su escritorio con una gran cantidad de periódicos norteamericanos en los que aparecía publicada la noticia. En algunos de ellos ocupaba grandes espacios, dándole una relevancia que contrastaba con otras publicaciones donde la información sobre el tema se resumía en unas pocas líneas.

Debía preparar un dosier que incluyera el tratamiento que los medios de prensa estadounidenses le daban a la recuperación de las relaciones diplomáticas con la Santa Sede.

Observó con cierta preocupación las reacciones de las iglesias protestantes, de los baptistas, de los adventistas del séptimo día y de los evangélicos, que alzaban sus voces con enfado manifiesto, e incluso habían lanzado anuncios de corte bastante agresivo en la prensa para hacer público su desacuerdo con el restablecimiento de relaciones entre Estados Unidos y el Vaticano.

Señalaban —según pudo saber el sacerdote— que con ese reconocimiento se violaba la Constitución estadounidense, ya que dotaba a la Iglesia católica de una posición privilegiada en detrimento de las demás religiones. Asimismo, amenazaban con llegar hasta las últimas consecuencias para impedir lo que ellos entendían como una amenaza a la libertad de culto.

«Estas reacciones están dentro de lo previsto», pensó al recordar un informe confidencial preparado por los investigadores del servicio secreto de la Santa Sede que había circulado de forma reservada entre algunos miembros del clero con participación directa en la elaboración del acuerdo con el gobierno norteamericano.

Varelli era consciente de que, dentro del propio clero romano, existían detractores de la normalización de las relaciones diplomáticas con Estados Unidos, pero ese era un asunto que les correspondía dirimir a otros y no a él. Comenzó a redactar su informe, recortando los artículos periodísticos que incluiría en el dosier para después fotocopiarlo y enviarlo a los miembros de la Comisión Pontificia del Estado Vaticano y a los investigadores del servicio secreto.

Le esperaba una larga jornada de trabajo en su despacho, clasificando las noticias para, posteriormente, traducirlas del inglés al italiano.

El espía de Su Santidad

«El mejor y más efectivo servicio de espionaje que conozco en el mundo es el del Vaticano».

SIMON WIESENTHAL

Desde el restablecimiento de las relaciones, varios miembros de la curia romana fueron enviados a Estados Unidos, concretamente a Langley, Virginia, para recibir un curso de formación en la academia de la CIA.

Entre las sombras del Vaticano, movía los oscuros hilos un hombre a quien el pontífice polaco había designado como su primer agente en asuntos reservados: Luigi Poggi, el sacerdote que dirigía los servicios secretos de la Santa Sede. Este había realizado con éxito investigaciones sobre la Europa comunista y mantenía estrechas relaciones con el Mosad y la CIA, entre otras importantes agencias de espionaje internacional.

Luigi Poggi, hermético y analítico, era el hombre ideal para el cargo que desempeñaba. Había organizado, entre otras, delicadas misiones de negociación en Varsovia, así como reuniones secretas en Praga y en Moscú con miembros del Politburó.

Nacido el 25 de noviembre de 1917 en Piacenza, Italia, Poggi había realizado en esa ciudad todos sus estudios previos a la ordenación sacerdotal, hasta que fue enviado después a Roma, en 1944, para especializarse en diplomacia en la Academia Pontificia Eclesiástica.

Durante sus años de servicio, ostentó altos cargos dentro del clero romano, siempre bajo las órdenes directas de varios papas que habían confiado totalmente en sus consejos. Con la llegada de Juan Pablo II, ocupó un cargo que, curiosamente, no aparece en ninguna de sus biografías personales: jefe de los servicios secretos de la Santa Sede.

El servicio de espionaje del Vaticano data de varios siglos atrás, y fue designado con distintos apelativos a lo largo de su historia. Fue creado en 1566 por Pío V y se conoció como Santa Alianza. En 1913, a instancias de Pío X, se creó el servicio de contraespionaje, que recibió el nombre de Sodalitium Pianum.

El exjefe de los servicios secretos del Vaticano a mediados del siglo XVII, el cardenal Paluzzo Paluzzi, manifestó: «Si el papa ordena liquidar a alguien en defensa de la fe, se hará sin preguntar. Él es la voz de Dios y nosotros, su mano ejecutora».

Desde operaciones secretas en territorio italiano o en cualquier otro lugar del mundo, la mano secreta del Vaticano había intervenido en asesinatos de reyes, ejecuciones de enemigos de la fe, desestabilizaciones de gobiernos, secuestros, financiación del terrorismo al servicio de sus fines y fomento de estrechos lazos con la mafia internacional para blanquear dinero, entre otras muchas actividades *non sanctas*.

Después del restablecimiento de relaciones diplomáticas con Estados Unidos, en 1984, monseñor Poggi se presentó ante Su Santidad con una petición concreta de la CIA.

La inteligencia norteamericana le solicitaba que enviara a Estados Unidos a un teólogo de relevancia que ejercía su cargo en Roma, el padre Camillo Cavalieri, para analizar unos supuestos escritos antiguos en arameo descubiertos en una excavación cercana a Jerusalén por investigadores estadounidenses.

La experiencia de Poggi le indicaba que se trataba de una petición inusual y a la vez extraña: el sacerdote Cavalieri era un teólogo investigador que jamás había aparecido como referencia en ningún documento del Vaticano, ya que habían evitado exponerlo públicamente debido precisamente a eso, a que sus trabajos e investigaciones se desarrollaban en el entramado de asuntos confidenciales de la Iglesia católica sobre los que, lógicamente, debía mantenerse una estricta reserva y silencio.

«No, decididamente no es el teólogo que debemos enviar a Estados Unidos —pensó el sacerdote—, propondremos otro nombre», se dijo a sí mismo, para después preguntarse por qué los estadounidenses tendrían tanto interés por este sacerdote anónimo y desconocido.

Cavalieri no debía salir de Italia, era un miembro selecto de la curia. Además, figuraba entre los pocos elegidos que conocían y habían investigado uno de los secretos mejor guardados por la Santa Sede.

Propusieron a otro teólogo a la CIA para enviarlo a Estados Unidos como asesor, pero recibieron inmediatamente una respuesta en clave rechazando el cambio de persona. Parecía que todo se iba a quedar como estaba.

Un sacerdote de Dios

Camillo Cavalieri, un sacerdote alto, de cabello oscuro y facciones delicadas, era la esencia misma del hombre convencido de que en el apoyo a los más desvalidos, a través de la acción pastoral, se encontraba la verdadera razón de la Iglesia católica en la tierra, y ese había sido su principal motivo para ingresar en el seminario de Nápoles, su ciudad natal, y consagrar su vida a Dios y a la Iglesia.

Sus altas calificaciones y su incesante búsqueda de respuestas le llevaron a interesarse por la teología y a avanzar en sus estudios hasta sobresalir con diferencia entre los demás seminaristas. Uno de sus maestros descubrió en él un formidable talento, y lo recomendó a un cardenal de Roma.

Le costó dejar Nápoles. Allí quedaba su familia, compuesta en un principio por su padre y su madre y a la que, algunos años después, llegaría su hermano pequeño, al que bautizaron con el nombre de Donato.

Camillo quería prestar servicios en países del tercer mundo, donde el hambre y la miseria eran moneda corriente, pero quién era él «para cuestionar los designios superiores», pensó. Iría a Roma y, una vez allí, intentaría cambiar de destino.

La realidad sería muy diferente. En el Vaticano pronto se dieron cuenta de su frenética inclinación al trabajo y su analítica forma de resolver los distintos cuestionamientos que se le planteaban a la Iglesia. Poco a poco, le fueron otorgando mayores responsabilidades y le autorizaron a perfeccionar sus estudios de física.

Recorrió gran parte del mundo en viajes secretos como enviado papal para investigar, desechar o constatar sucesos o milagros inexplicables, apariciones y posibles posesiones diabólicas. Se transformó en un experto interrogador que desmenuzaba minuciosamente y una a una las respuestas de cada presunto testigo. En muchos casos, era una ardua labor enfrentarse a personas que imaginaban y creían firmemente haber sido partícipes o testigos de un hecho milagroso. Cavalieri desmoronaba sistemáticamente las afirmaciones de dichos individuos y demostraba de forma cabal que existía una explicación terrenal para el caso investigado. Sabía distinguir con maestría incontestable lo que podía ser un fraude o un hecho real.

Pero su trabajo no se circunscribía solo a estudiar lo sobrenatural, sino que abarcaba también los deslices humanos o errores de los hombres de la Iglesia de Cristo. Por eso, y aunque no fuera esa su misión específica, solían recurrir a él por órdenes directas de Su Santidad.

Para sus trabajos, contaba con un reducido equipo de ayudantes que el propio Cavalieri consideraba insuficiente en cantidad y casi siempre en calidad. Pedía insistentemente ampliar el presupuesto de su oficina, pero la burocracia también reinaba entre los servidores del reino de Dios en la tierra. La promesa de que en breve atenderían sus demandas nunca se cumplía.

Muchos le temían dentro y fuera del Vaticano. Verle aparecer por algún despacho u oficina de la Santa Sede provocaba inmediatamente las sospechas de los funcionarios sobre si su presencia allí significaba que se les estaba investigando por algún motivo o denuncia.

Entre las investigaciones secretas de mayor relevancia que realizó destaca el estudio de las profecías del papa Juan XXIII. La Iglesia no reconocía ciertos hechos incómodos, los negaba o desacreditaba públicamente según la situación, pero confidencial e internamente los mandaba analizar en profundidad.

Las profecías de Juan XXIII

Varios años después de la muerte del papa Juan XXIII*, ocurrida en 1963, Pablo VI designó a Camillo Cavalieri para analizar en secreto todo lo concerniente a las profecías de su antecesor, verificar qué había de real o ficticio en ellas y determinar las influencias o hechos inexplicables que habrían llevado a Juan XXIII a vaticinar el futuro.

Las predicciones de Angelo Roncalli (Juan XXIII) fueron escritas en 1935, durante su estancia en Turquía, donde se decía que había vivido situaciones sobrenaturales que le llevaron poco después a ingresar en una sociedad iniciática.

Algunas de las profecías de Roncalli ya se han cumplido hoy en día, entre ellas, la II Guerra Mundial, el

* Angelo Giuseppe Roncalli nació en Sotto il Monte, provincia de Bérgamo, Lombardía (Italia), el 25 de noviembre de 1881. Angelo fue el tercero de los once hijos de Giambattista Roncalli y Mariana Mazzola, una familia campesina y profundamente católica que vivía con austeridad y dignidad su pobreza. Falleció en la Ciudad del Vaticano, el 3 de junio de 1963, tras ser pontífice romano entre 1958 y 1963. Fue beatificado en el año 2000 por el papa Juan Pablo II, durante el Jubileo de dicho año.

suicidio de Hitler, la bomba atómica, el fallecimiento de Stalin —que profetizó como asesinato—, la guerra de Vietnam, la extraña muerte de Marilyn Monroe en 1962 —relacionada estrechamente con la familia Kennedy—, los asesinatos de John y Robert Kennedy, el fallecimiento del papa durante el concilio, la llegada del pontífice Benedicto XVI y otros acontecimientos que han ido ocurriendo tal como había vaticinado Juan XXIII, aunque varias de sus predicciones resulten difíciles de entender y su significado sea prácticamente indescifrable.

Entre las profecías que aún no se habían cumplido, llamaron la atención de Cavalieri las que auguraban que una mujer presidirá el gobierno de Estados Unidos, que el papa se convertirá en un peregrino desprovisto de riquezas y algunas otras más inquietantes, como la que señala 2033 como el año en que sobrevendrá el Juicio Final. Pero, según Juan XXIII, antes de que llegue ese momento ocurrirán en la tierra otros sucesos más impactantes, como por ejemplo el encuentro que se producirá con alguien procedente de otro mundo:

> Los signos, cada vez más numerosos.
>
> Las luces del cielo serán rojas, azules y verdes, y veloces. Crecerán.
>
> Alguien viene de lejos. Quiere conocer a los hombres de la tierra.
>
> Ya ha habido encuentros. Pero quien vio realmente ha guardado silencio.

Si una estrella se apaga, ya está muerta. Mas la luz que se aproxima es alguien que está muerto y regresa.

La respuesta, al descubierto en los papeles ocultos en el subterráneo metálico de Wherner. El tiempo no es lo que conocemos.

Tenemos hermanos vivos y muertos. Nosotros somos nosotros mismos. El tiempo nos confunde.

Bienvenido, Arthur, muchacho del pasado. Tú serás la prueba. Y te entrevistarás con el Padre de la Madre.

¿Qué quiso decir el papa Juan XXIII en esta profecía? ¿Se refería a seres de otro planeta, a la existencia de mundos paralelos o a los viajes en el tiempo?

Camillo Cavalieri había tenido que hacerse estas y muchas otras preguntas mientras indagaba en estas premoniciones. Sabía que no se encontraba ante los vaticinios de un «iluminado» o un «falso profeta» de los tantos que había analizado y que finalmente habían terminado siendo delirios de mentes alteradas, pero tampoco quería que la condición de máxima autoridad de la Iglesia católica de Angelo Roncalli le impidiera ser imparcial en su investigación.

El pontífice Roncalli declaraba que la respuesta a esa profecía se encontraba «en los papeles ocultos en el subterráneo metálico de Wherner. El tiempo no es lo que conocemos». Cavalieri se preguntaba quién era Wherner… ¿Tal vez se refería a un científico? ¿Sería este Wernher von Braun, aunque la letra hache estuviera ubicada en otro lugar en su nombre de pila? Se trataba de un error muy común. En cuanto al subterráneo metálico, ¿podría interpretarse como el laboratorio del célebre científico donde realizaba sus experimentos secretos?

La frase del papa «Mas la luz que se aproxima es alguien que está muerto y regresa» provocaba ciertas dudas en cuanto a su interpretación. ¿Seres humanos de otros tiempos que regresan del pasado? ¿Tal vez alguien enviado por el propio Dios? Las hipótesis podrían ser interminables.

«Bienvenido, Arthur, muchacho del pasado. Tú serás la prueba», escribió en sus profecías. ¿Quién sería, en ese futuro, Arthur, el joven que —según Juan XXIII— vendría del pasado y sería la prueba irrefutable para que toda la humanidad creyera?

Además, en ese vaticinio señalaba que ya se habían producido encuentros, pero que quienes los habían tenido habían guardado silencio.

De todas formas, había mucho más para investigar en la vida del pontífice. En la época, aparecieron artículos periodísticos que aseguraban que había sido contactado por seres de otros mundos. El periódico *Sun* de Los Ángeles (California) reprodujo una entrevista de un medio de prensa del Reino Unido, el 23 de junio de 1985, donde el ayudante personal de Juan XXIII declaraba: «El papa y yo estábamos andando por el jardín una noche de julio de 1961 en Castel Gandolfo cuando observamos sobre nuestras cabezas una nave —recordó el asistente—. Era de forma oval y tenía luces intermitentes azules y ámbar. La nave pareció sobrevolar nuestras cabezas por unos minutos, luego aterrizó sobre el césped en el lado sur del jardín. Un extraño ser salió de la nave; parecía un humano a excepción de que estaba rodeado de una luz dorada y tenía orejas alargadas. Su Santidad y yo nos arrodillamos. No sabíamos lo que estábamos viendo. Pero supimos que no era de este mundo, por lo tanto creímos que debía de ser un acontecimiento celestial. Rezamos y, cuando levantamos nuestras cabezas, el ser todavía estaba allí. Eso fue la prueba de que no habíamos tenido una visión».

El ayudante continuaba narrando: «El Santo Padre se levantó y caminó hacia el ser. Los dos estuvieron frente a frente de 15 a 20 minutos y parecían hablar intensamente. Ellos no me llamaron, así que permanecí donde estaba y no pude escuchar nada de lo que conversaban. El ser dio la vuelta y caminó de regreso hacia su nave. Enseguida se marchó. Su Santidad se dio la vuelta hacia mí y me dijo: "Los hijos de Dios están en todas partes; algunas veces tenemos dificultad en reconocer a nuestros propios hermanos"».

El secretario indicaba también que el papa Juan XXIII nunca más volvió a hablar con él de este asunto. Después de que el extraño ser volviera a su nave y despegara, Su Santidad y el entrevistado continuaron el paseo como si nada hubiera ocurrido. En varias ocasiones posteriores a aquel suceso, el papa y su asistente volvieron a pasear por el jardín con los ojos clavados en el cielo. Él nunca volvió a comentar nada sobre platillos volantes. Muy pocas veces paseaba solo el papa, pero el asistente manifestaba estar seguro de que hubo otras ocasiones en las que los ovnis se habían acercado al lugar. Había visto sus luces intermitentes.

Si esto era ya de por sí asombroso para el investigador Cavalieri, no menos sorprendente le resultó conocer la historia de un norteamericano nacido en Polonia, George Adamski, un famoso individuo supuestamente contactado por extraterrestres, de los que habría recibido presuntos vaticinios sobre el futuro de la humanidad. Posteriormente, dio cumplida cuenta de toda la información obtenida al gobierno de Estados Unidos.

Adamski, según las fuentes, era tildado por muchos como un farsante, pero se aseguraba que en 1959 fue sorprendentemente invitado por la reina Juliana de Holanda para escuchar sus relatos.

También se supo que Adamski había sido recibido en audiencia secreta por Juan XXIII poco antes de su muerte en 1963. En esa reunión, le habría entregado un mensaje de los extraterrestres destinado exclusivamente al Sumo Pontífice; al leerlo, habría exclamado: «¡Esto es lo que llevo tanto tiempo esperando!». Se afirmaba que Su Santidad, en agradecimiento por el mensaje, le hizo entrega de una medalla de oro con su efigie.

Por si alguien dudaba de la veracidad de las palabras de George Adamski, el gobierno de Estados Unidos le otorgó el crédito definitivo. A su muerte, acaecida el 23 de abril de 1965, fue enterrado en el cementerio de Arlington, un lugar reservado para las grandes personalidades y héroes norteamericanos. ¿De qué favores le era deudor el gobierno estadounidense para que sus restos mortales descansaran allí?

Al igual que en el estudio de las profecías del papa italiano y sus consecuencias, Camillo Cavalieri tuvo que llevar sus investigaciones hasta las máximas consecuencias para analizar otro suceso ocurrido en 1972, en el que debía descubrir la verdad sobre una situación que parecía discurrir más allá del conocimiento humano. Por increíble que pudiera parecer, la profecía de Juan XXIII sobre que el tiempo nos confunde y que no es lo que conocemos estaba íntimamente ligada con el nuevo caso que investigaba.

Supo de la existencia del trabajo de un sacerdote italiano cuestionado y de alguno de sus colaboradores, lo investigó en profundidad y, entonces, se evaporaron todas sus dudas: estaba ante el secreto mejor guardado por la Iglesia católica, un asunto que podría ser un fraude, y que estaba ocurriendo dentro de las propias paredes del Vaticano.

Cuando presentó el informe a sus superiores, el propio papa Pablo VI, el sucesor de Juan XXIII, le ordenó guardar estricto silencio sobre el caso. Desde ese año, 1972, se le prohibió salir del país, debía limitarse a realizar todos sus trabajos de investigación e interrogatorios dentro del territorio italiano. Pero esa orden, que no le permitía viajar fuera de Italia, nunca le fue comunicada; solo sus jefes la conocían y, por este motivo, nunca más le asignaron misiones en el exterior.

Después de esa investigación, todo cambió para el sacerdote. Lo que vio y descubrió se convirtió en una pesada carga difícil de sobrellevar por un solo hombre. Se alejó de todo, se volvió taciturno y solo un cercano amigo sacerdote era el depositario de sus confesiones, pero no de todas, ya que debía mantener oculto ese secreto del que tenía prohibido hablar.

Ese era el tipo de investigaciones que le encomendaba la Iglesia; secretos que, en definitiva, nunca serían reconocidos de forma oficial por la Santa Sede; secretos en los que ni los servicios de inteligencia del Vaticano podían intervenir.

Cavalieri lo ignoraba, pero el interés de los norteamericanos sobre su persona estaba centrado justamente en algunos de esos secretos que él conocía en profundidad, ya que los había investigado hasta sus últimos detalles.

Una nueva misión

Camillo Cavalieri se preparaba para una nueva investigación, el caso de una mujer de Perugia que, según los primeros informes, entraba en inexplicables trances en los que comenzaba a hablar en distintas lenguas. Era una simple aldeana con escasa instrucción, y eso dotaba de mayor interés el análisis de los hechos que debía realizar.

Como en anteriores ocasiones, cerró su única maleta donde había guardado sus escasas pertenencias. Nunca viajaba con más de lo estrictamente necesario para su trabajo.

En esta misión iría acompañado por dos jóvenes sacerdotes a quienes debía iniciar en el arte de la investigación. El viaje de casi dos horas hasta Perugia lo harían en un automóvil de los servicios de transporte del Vaticano para desplazamientos fuera de Roma.

Como de costumbre, llamó por teléfono para despedirse de su amigo Giacomo Varelli, el sacerdote que trabajaba en un departamento de la Secretaría de Estado del Vaticano, y volvió a hacerle la misma broma que ya se había convertido en un rito entre ellos.

—Oye —le dijo Cavalieri casi riendo—, si no regreso, hazte cargo de mis bienes, de mis padres y de mi hermano Donato.

Del otro lado de la línea, le llegó la risa franca de Varelli.

—¿No tienes otra broma nueva? Esa ya está muy repetida. Dime, ¿cuándo vuelves?

—Dentro de una semana, tal vez… En este viaje me acompañan también dos alumnos para aprender de mi trabajo. Son frailes jesuitas —le explicó Camillo a su amigo.

—Eso está muy bien, así no tendrás tanto trabajo —señaló Varelli.

—Quizás eso permita que finalmente me concedan la autorización para viajar a África como misionero…

—Eso es lo que más deseas, ¿verdad? – preguntó en tono confidente su amigo.

—Bien sabes que es así —terminó respondiendo Camillo.

—Te la concederán, ya lo verás; ten fe en el Señor.

—La tengo, y sabes que es inquebrantable.

Se despidieron prometiendo volver a encontrarse a su regreso del viaje de investigación.

Camillo Cavalieri observó la hora, tomó su maleta y salió de la habitación en dirección a la calle. Estaban a punto de recogerle para llevarle a Perugia.

Aguardó unos minutos en la puerta del edificio de la curia donde vivía junto a otros sacerdotes, a escasas dos calles de la plaza de San Pedro.

Observó cómo llegaba el automóvil de los servicios de transporte hasta que este se detuvo a su lado. El conductor era un desconocido para él.

—Padre, me voy a presentar —le dijo el hombre mientras bajaba del vehículo—. Soy Mariano, el chófer.

—¿Qué ha pasado con Antonino? —inquirió el sacerdote.

—Estaba ocupado con una visita guiada con unos extranjeros —respondió el interrogado, mientras le ayudaba con la maleta—. Me han enviado en su lugar.

—Debemos recoger a dos sacerdotes... —anunció Cavalieri.

—Sí, lo sé —aclaró el chófer—. Aquí tengo la dirección, es en las afueras de la ciudad.

—Pensaba que se encontraban a pocas calles de aquí —puntualizó el sacerdote mientras se acomodaba dentro del automóvil.

—No, por lo que ponen en la orden de servicio, debemos desviarnos algo de la ruta para recogerlos, pero no se preocupe, no nos llevará demasiado tiempo.

—Bien, salgamos ya, no quiero llegar a Perugia muy tarde.

—Llegaremos antes de la caída del sol —dijo Mariano sonriendo mientras emprendía la marcha para dirigirse hacia las afueras de Roma.

Luz de alarma

Era casi medianoche y, ante una petición de un secretario del Sumo Pontífice, monseñor Franco Moretti tuvo que ir a su despacho dentro del Vaticano para indagar en la presunta desaparición de un sacerdote.

No era un cura más al que buscaban, era el hombre al que se recurría para investigar casos especiales y respondía directamente ante el entorno del papa; aunque en muchos casos debía colaborar con la oficina del servicio secreto del Vaticano. Franco Moretti, segundo hombre del servicio de inteligencia, conocía la personalidad y la honestidad del cura desaparecido.

Moretti se había reunido primero con el director de la Guardia Suiza para conocer las últimas informaciones sobre el investigador desaparecido, y ahora escuchaba la declaración de los dos jesuitas que debían haber viajado a Perugia acompañando al padre Camillo Cavalieri.

—Esperamos varias horas, pero no llegaron a recogernos —explicó uno de los dos.

—¿Dónde habían quedado? —preguntó el subdirector de inteligencia.

—En la puerta principal de la residencia en la que nos hospedábamos, a pocas manzanas de donde vive el padre Cavalieri —fue la respuesta.

—Al ver que nadie acudía a su encuentro, ¿qué hicieron? —volvió a preguntar monseñor Moretti.

—Mi compañero se quedó esperando y yo me acerqué hasta el departamento de servicios de transporte para preguntar si sabían algo —explicó—. Allí me dijeron que el viaje a Perugia había sido anulado, incluso me mostraron una planilla con la orden de servicios donde constaba que se había recibido una llamada telefónica del propio padre Cavalieri, verificada una hora antes de salir, donde manifestaba que padecía un fuerte catarro y fiebre y que le era imposible viajar, por lo que el servicio quedó sin efecto.

Moretti no tenía ninguna duda, algo inexplicable estaba ocurriendo. Conocía muy bien los antecedentes del padre Cavalieri, su puntualidad, su seriedad, su absoluta disposición al trabajo y, sobre todo, las normas que regían todos sus actos. Jamás habría desaparecido sin dejar rastro…, por lo menos hasta ahora.

También un testigo, otro sacerdote que ocupaba la habitación contigua a la de Cavalieri, le había visto esa tarde cargando con su maleta en el momento en que subía a un automóvil de color negro.

La comunicación desde Perugia informando de que el sacerdote nunca había llegado a su destino terminó de confirmar sus sospechas.

Moretti llamó a uno de sus secretarios y le solicitó:

—Avisen urgentemente al encargado de los servicios de transporte para que acuda a mi despacho.

—Monseñor, es más de medianoche... —trató de disuadirle el secretario.

—No importa, levántenle de la cama si hace falta, pero que venga inmediatamente. Mientras tanto, sigan llamando a todos los centros de asistencia y hospitales para preguntar si han ingresado al padre Cavalieri por alguna causa y también pónganse en contacto con la policía para ver si tienen alguna novedad —ordenó Moretti.

—Sí, monseñor —respondió el secretario, marchándose rápidamente para cumplir las órdenes de su superior.

Franco Moretti esperaría algunas horas más a fin de constatar si todo el embrollo no era más que una falsa alarma, pero en su fuero interno algo le indicaba lo contrario. No debía dejar pasar mucho tiempo para informar a su director, Luigi Poggi, de la desaparición del investigador.

Diez días después, la noticia corría como un reguero de pólvora dentro de los corrillos del Vaticano: el cuerpo sin vida del sacerdote Camillo Cavalieri había aparecido tirado en el sótano de un burdel de lujo situado en una carretera secundaria de Nápoles. Según la autopsia, había muerto de un ataque cardiaco producto de la enorme ingesta de drogas y de alcohol que encontraron en su cuerpo.

Cientos de conjeturas se barajaban y una deficiente investigación policial, que se mantuvo en secreto, arrojó como resultado la posibilidad de que el sacerdote llevara una doble vida, aunque los propietarios del burdel y las mujeres que allí trabajaban declararon que nunca le habían visto por allí.

Quienes conocían a Camillo Cavalieri sabían que todo era una burda patraña de la policía italiana, una absurda explicación a la que no encontraban sentido, pero ya era tarde, la sospecha que difamaba el buen nombre del sacerdote se había instalado dentro del Vaticano.

Luigi Poggi y Franco Moretti, de los servicios de inteligencia y espionaje, no tenían ninguna duda sobre el honor del sacerdote encontrado muerto en aquellas desagradables circunstancias.

«¿Qué había detrás de su extraño fallecimiento?», se preguntaban ambos, hasta el momento en que los ojos de Moretti se iluminaron con un breve destello. Fue cuando recordó el extraño interés de los norteamericanos por que Cavalieri viajara a Estados Unidos.

—Han sido ellos —declaró con firmeza Moretti refiriéndose a los estadounidenses—. Es demasiada casualidad. Pero debemos ser cautos, no tenemos pruebas, es solo una intuición y no podemos generar un enfrentamiento que podría derivar en un nuevo conflicto diplomático.

En Nápoles

Sobre una colina dos kilómetros al este de la ciudad y rodeado de pinos y cipreses, se encontraba ubicado, en la localidad de Poggioreale, el cementerio de Nápoles. Tres miembros de la curia romana, el padre de Camillo Cavalieri y Donato, un niño de apenas diez años hermano del fallecido, componían la pequeña comitiva que acompañaba al féretro con los restos del sacerdote. Se estaba cumpliendo con el deseo que siempre había manifestado Camillo de, a su muerte, ser enterrado en su Nápoles natal.

De los tres emisarios de Roma, uno era el íntimo amigo y consejero Giacomo Varelli, fiel depositario de sus confidencias y deseos, como aquel que nunca llegaría a cumplir: ser destinado como misionero en África para trabajar en lo que más anhelaba, ayudar a los más necesitados. Varelli recordaba las extensas conversaciones que mantenían con asiduidad, en las que destacaba la fe inquebrantable de su amigo y su bondad, que contrastaba absolutamente con los enérgicos interrogatorios a los que sometía a los testigos o protagonistas de algún hecho «milagroso» para comprobar si decían la verdad o estaba ante un nuevo fraude.

«Era un disfraz, un papel ajeno a su forma de ser, pero que él sabía representar a la perfección. En definitiva, ese era su trabajo dentro de la Iglesia», pensó.

Después de la inhumación, los otros dos emisarios dieron el pésame al padre del fallecido y al niño, que no se apartaba de su lado, y se retiraron. Giacomo acompañó al hermano y al padre de su amigo, con quien entabló una larga conversación, tratando de brindar ayuda espiritual a la familia. Más tarde se enteró de que la madre de Camillo había quedado postrada en la cama al conocer la noticia de la muerte de su hijo.

El padre le comunicó a Varelli la gravedad de la situación. No podían hacerse cargo del cuidado del menor y, además, la enfermedad de su esposa, a quien debía atender, hacía imperiosa la necesidad de enviar a su hijo pequeño a un convento para que estudiara y se educara.

Giacomo Varelli ni siquiera se detuvo a pensarlo, él se ocuparía de la educación de Donato Cavalieri. Buscaría un buen convento, cercano a Nápoles, donde pudiera estudiar interno. Pensó que era lo único que podía hacer por la familia y, si viviera, su querido amigo estaría muy satisfecho con su decisión.

Recordó la broma que Camillo le repetía siempre antes de partir a alguno de sus viajes de trabajo: «Si no regreso, hazte cargo de mis bienes», y Donato, su adorado hermano pequeño, era uno de sus bienes más preciados.

La reunión secreta

Años después monseñor Franco Moretti viajó en misión oficial reservada a Langley, Virginia, para reunirse con Frank Rossetti, un subdirector adjunto de la CIA, descendiente de italianos, que se encargaba de las relaciones con la Santa Sede.

Ambos hombres mantenían una magnífica relación y su comunicación era fluida y afable. Todo acuerdo o convenio, antes de pasar a sus superiores jerárquicos, era consensuado entre ellos.

En esta ocasión, iniciaron una animada conversación sobre algunos asuntos de interés mutuo, hasta que Moretti encontró el momento oportuno para hacerle una pregunta delicada a su colega.

—Frank, en la confianza que nos une, quiero preguntarle por un tema confidencial…

—Monseñor —le interrumpió el subdirector, esbozando una amplia sonrisa—, todo lo que nosotros hablamos es confidencial. Puede hacerlo con toda tranquilidad.

—No me ha dejado terminar, quería decirle que es confidencial entre usted y yo, al margen de la intervención de nuestros jefes —aclaró el enviado del Vaticano.

—Disculpe que le haya interrumpido, pero pregúnteme lo que quiera, esta es una conversación entre amigos —se disculpó Rossetti.

Moretti respiró profundamente antes de entrar en materia; estaba pisando terreno peligroso...

—Frank, ¿recuerda el caso de Camillo Cavalieri, el sacerdote que desapareció y, al cabo de unos cuantos días, encontraron muerto?

El gesto del interrogado se contrajo.

—Sí, claro. Ocurrió hace algún tiempo...

—Sí —respondió Moretti—. Me gustaría, si conoce el asunto, saber cuál es su opinión personal sobre lo ocurrido.

El silencio era elocuente. El espía americano se sentía incómodo.

—No conozco con tanto detalle lo que ocurrió como para poder opinar... Pero ¿por qué me lo pregunta? ¿Tiene alguna sospecha?

—No, no. Se lo pregunto porque, como experto en estos temas, tal vez podría orientarme un poco —aclaró el agente del Vaticano al observar la reacción de su interlocutor.

Cada gesto, cada palabra del hombre de la CIA estaban siendo sopesados por Franco Moretti, y lo que veía y escuchaba de su colega americano le gustaba cada vez menos.

—Monseñor, hablemos claramente. Usted no me está pidiendo mi opinión personal. Dígame sin rodeos qué es lo que quiere saber —le instó Frank Rossetti.

—Bien —respondió el mensajero de Roma—, sin rodeos. ¿Cuál era el interés de la CIA por Camillo Cavalieri? ¿Por qué nos pidieron que les enviáramos precisamente a ese teólogo y no al otro que les habíamos propuesto?

—Porque Cavalieri era el mejor —se apresuró a responder Rossetti.

—Vamos, Frank, ahora es usted quien no me está contestando sinceramente —apuntó el italiano—. ¿Cómo sabían de su trabajo si todo lo que hacía era secreto?

El agente de la CIA bebió un último sorbo de café para después puntualizar:

—A ver si estoy en lo cierto. ¿Ustedes piensan que nosotros tenemos algo que ver con la muerte de su teólogo?

—Yo no he dicho eso —aclaró Moretti—, solo he preguntado cuál era el interés de la CIA por Cavalieri, y usted no me está respondiendo a esta cuestión.

—Monseñor, esta conversación no debería haber existido nunca. Creo que está interfiriendo en nuestras buenas relaciones.

—No entiendo que intentar conocer el interés de la CIA por nuestro teólogo pueda ser una ofensa. Frank, es usted demasiado susceptible.

El aludido se levantó de su asiento y paseó por el amplio despacho. Después, se acercó a Moretti, que seguía sentado.

—Monseñor, nosotros siempre somos leales con nuestros aliados. No hemos tenido nada que ver con la muerte del teólogo —afirmó—. Le voy a proporcionar una prueba de nuestra lealtad.

Moretti permanecía muy atento a cada palabra de su interlocutor.

—Tenemos plena confianza en que la colaboración que hemos iniciado será determinante en muchos aspectos, monseñor. Ahora, voy a entrar en detalles —anunció Rossetti.

El espía comenzó a explicar los frentes comunes que la Santa Sede y Estados Unidos tenían abiertos en diferentes partes del mundo. Habló del comunismo ateo, de la Unión Soviética, de Polonia, de Praga, de la Guerra Fría, del marxismo, así como de la proliferación de armas en países enemigos de la libertad y la democracia donde ellos, los norteamericanos, junto con la Iglesia católica, representaban el último bastión de defensa de la libertad.

El enviado papal estaba atónito. Se encontraba escuchando la más vulgar y reiterada explicación sobre los peligros del «demonio rojo» que intentaba dominar el mundo. Se armó de paciencia y, con fingido interés, siguió escuchando al agente de la CIA.

—Además, amigo Moretti, estamos juntos en esto, somos aliados y nosotros siempre protegemos a nuestros aliados —indicó el espía americano—. En definitiva, lo estamos haciendo así, y usted lo sabe.

—¿A qué se refiere? —preguntó ahora con interés el agente del papa.

—No creo que usted sea ningún ingenuo, estimado amigo —dijo el norteamericano con gravedad—. Hemos ocultado la mayoría de las denuncias sobre abusos sexuales de sus sacerdotes en todo el territorio de nuestro país. Algunas se han filtrado, pero son las menos. Además, y esto es lo más importante, nuestro gobierno está dispuesto a otorgarle inmunidad al papa en los juicios contra la Santa Sede por este o cualquier otro motivo.

»Como usted sabrá, las acusaciones se hacen contra el abusador y también contra quien le colocó en un cargo en alguna diócesis y, en este caso, ese es su jefe, Su Santidad —subrayó Rossetti—. El Tribunal Supremo establece que todos los tribunales de Estados Unidos están supeditados a él en todos los casos en los que se otorga la inmunidad por parte del gobierno.

»Nuestros fiscales ya han declarado que el papa, como jefe del Estado Vaticano, disfruta de inmunidad. Permitir que se siga alguna demanda contra él es incompatible con los intereses políticos internacionales de Estados Unidos —indicó Rossetti, para después agregar—: Nosotros, como puede constatar, protegemos a quienes son nuestros aliados y amigos. Intentamos no permitir que se produzcan acusaciones en su contra.

Franco Moretti comprendía perfectamente a su interlocutor; no estaba hablándole en tono confidencial o amistoso, le estaba haciendo una advertencia.

Le quedaba claro que ya no podría volver a hablar con él sobre Camillo Cavalieri. Mantener la «colaboración y amistad» entre la Santa Sede y Estados Unidos era un asunto prioritario y resultaba demasiado caro intentar esclarecer la muerte del sacerdote.

Nápoles, 2003

Donato Cavalieri había heredado el carácter justiciero de su hermano Camillo y también su enorme solidaridad hacia los desamparados. Su vehemencia le había generado más de un problema con sus superiores en los primeros años de sacerdocio.

Un día, en su Nápoles natal, poco tiempo después de ordenarse como sacerdote, el joven, vestido con sotana, caminaba por un barrio situado en la periferia de la ciudad. Anochecía y el padre Cavalieri regresaba al monasterio después de atender la confesión de un enfermo. De algún lugar surgió una mujer que, en evidente estado de angustia, sollozaba y le pedía auxilio.

El cura la sujetó entre sus brazos.

—¿Qué te sucede, hija mía?

—Padre, ayúdeme, se lo suplico... —pidió ella desfallecida.

—Cálmate, cálmate... ¿Qué te ocurre?

Con la voz entrecortada por el llanto, la mujer le contó que era de origen peruano, que había llegado a

Italia con la promesa de un trabajo como empleada de hogar.

En Lima, su ciudad natal, una supuesta agencia de empleo seleccionaba jóvenes mujeres agraciadas para enviarlas a Italia con un contrato de trabajo en alguna provincia de ese país, ya fuera como servicio doméstico o dependientas en supermercados o *boutiques*.

Pero todo era una trampa, al llegar a Italia la realidad era otra. El trabajo no existía. Nada más entrar en el país se les quitaba el pasaporte y, bajo amenazas y violencia física, las obligaban a prostituirse.

La red de trata de blancas era muy extensa y estaba compuesta por hombres y mujeres de diferentes nacionalidades que ejercían un control estricto tanto de día como de noche sobre las jóvenes engañadas. Fue un caso muy comentado en Nápoles. Donato, por su cuenta, se enfrentó a los jefes de la organización delictiva y, con ayuda de unos policías amigos, liberó a la mujer y a otras jóvenes que estaban en manos del grupo de proxenetas.

No consultar su iniciativa le generó problemas ante sus superiores por actuar sin autorización del clero.

Ciudad del Vaticano, 7 de mayo de 2010

En el altar de la basílica de San Pedro, su santidad Benedicto XVI pronunciaba la homilía del funeral por el cardenal Luigi Poggi. El hombre que, durante décadas, había manejado los grandes secretos de la Santa Sede había fallecido el 4 de mayo de 2010 a la edad de 93 años. Con él se enterraba parte de la historia del espionaje vaticano.

En abril de 1992, monseñor Luigi Poggi había renunciado a su cargo como responsable de los espías de la Santa Sede y Juan Pablo II le había nombrado documentalista de los Archivos Secretos del Vaticano y bibliotecario de la santa Iglesia de Roma. Posteriormente, en noviembre de 1994, sería ascendido a cardenal por sus meritorios servicios dentro de la Iglesia católica.

Benedicto XVI comenzó su homilía: «Os habéis reunido en torno al altar del Señor para acompañar con la celebración del sacrificio eucarístico, en el que se actualiza el misterio pascual, el último viaje de nuestro querido cardenal Luigi Poggi, a quien el Señor ha llamado a su presencia. Os dirijo a cada uno mi más cordial saludo y doy las gracias en particular al cardenal Sodano, que, como decano del Colegio Cardenalicio, preside esta santa misa».

Posteriormente, hizo una breve semblanza del cardenal fallecido: «Tras una primera misión, en la primavera de 1963, ante el gobierno de la República Tunecina para llegar a un modus vivendi entre la Santa Sede y el gobierno de aquel país sobre la situación jurídica de la Iglesia católica en Túnez, en abril de 1965 fue nombrado delegado apostólico para África central, con dignidad de arzobispo y jurisdicción sobre Camerún, Chad, Congo-Brazzaville, Gabón y la República Centroafricana. En mayo de 1969, fue promovido a nuncio apostólico en Perú, donde permaneció hasta agosto de 1973, cuando se le volvió a llamar a Roma para ocupar el cargo de nuncio apostólico en misiones especiales, específicamente para mantener contactos con los gobiernos de Polonia, Hungría, Checoslovaquia, Rumanía y Bulgaria, con el fin de mejorar la situación de la Iglesia católica en esos países.

»En julio de 1974, se institucionalizaron las relaciones entre la Santa Sede y el gobierno polaco, y monseñor Poggi fue nombrado jefe de la delegación de la Santa Sede para los contactos permanentes con este gobierno. En aquel periodo realizó numerosos viajes, en los que conoció a muchas personalidades, tanto políticas como eclesiásticas, llegando a ser, en la escuela de su superior, el cardenal Agostino Casaroli, un protagonista de la *ostpolitik* vaticana en los países del bloque comunista. El 19 de abril de 1986, fue nombrado nuncio apostólico en Italia; precisamente desde entonces esta nunciatura también fue la encargada de estudiar las prácticas relativas a las provisiones episcopales en el país. Y, también en aquel periodo, fue él, en calidad de representante pontificio, quien gestionó una delicada fase de reordenamiento de las diócesis italianas. Designado y publicado cardenal en el consistorio del 26 de noviembre de 1994, fue nombrado, por el venerable Juan Pablo II, archivero y bibliotecario de la santa romana Iglesia, conservando este cargo hasta marzo de 1998».

Esto fue parte de lo que dijo Benedicto XVI en su homilía sobre Luigi Poggi. Nadie iba a enumerar allí los enormes servicios que había prestado como principal agente de la inteligencia y el espionaje del Vaticano.

Entre la multitudinaria concurrencia se encontraba un sacerdote de altura considerable, complexión delgada y aspecto varonil: Donato Cavalieri, que, siguiendo los pasos de su hermano Camillo, se acababa de doctorar como teólogo. Ya no acostumbraba a llevar sotana; salvo en ocasiones necesarias, vestía el tradicional traje negro con el alzacuellos.

Donato había estudiado Informática y, con el apoyo y recomendación de su mentor, monseñor Giacomo Varelli, el gran amigo de su hermano que lo trajo desde Nápoles, había ingresado en el departamento de Claves y Comunicaciones del servicio de inteligencia del Vaticano.

La obsesión que regía su vida era restituir el honor y buen nombre de su hermano, aunque para ello tuviera que enfrentarse contra todo aquel que intentara impedírselo.

Otra de sus preocupaciones era la frágil salud de la persona que le había cuidado y mantenido desde su niñez, Giacomo Varelli, ya que, desde la muerte de su hermano y, tiempo después, la de sus progenitores, el ya anciano sacerdote era su única familia.

Donato Cavalieri era un hombre de ideas avanzadas respecto al camino que, en la actualidad, debía tomar la Iglesia para recuperar el espacio que estaba perdiendo en el mundo. Algunos de sus comentarios, realizados en conversaciones privadas con otros sacerdotes, pronto serían de dominio público, como por ejemplo la necesidad de darle una mayor participación a la figura de la mujer en la Iglesia católica permitiéndole acceder a puestos hasta el momento solo reservados a los hombres.

—Esto debe cambiar si queremos que la Iglesia católica se recupere de una crisis que, día a día, aleja cada vez más a los fieles —manifestaba el joven sacerdote, provocando el recelo y el enfado de muchos de sus colegas—. El poder pastoral de Roma se va perdiendo sin remedio en todo el mundo. Necesitamos conseguir que las monjas tengan un papel más relevante, equiparable en la mayoría de los casos al que ocupan los hombres. Las vocaciones disminuyen día a día y las mujeres deben tener su espacio.

La revelación

El suave calor de la mañana primaveral en Roma logró elevar, momentáneamente, el ánimo del padre Donato Cavalieri mientras caminaba hacia su trabajo, aunque no tardaron mucho en aparecer los demonios personales con los que luchaba un día tras otro, que le hacían preguntarse incesantemente si estaba haciendo lo suficiente para limpiar el buen nombre de su hermano Camillo.

Donato había tenido acceso al expediente de su trágico fallecimiento, pero la documentación era escasa y, además, no aportaba nada nuevo respecto a lo que el informe de la policía y las conversaciones con antiguos compañeros de Camillo ya le habían dado a conocer sobre su muerte.

Había intentado una y mil veces que su mentor, el sacerdote Varelli, le ampliara detalles de lo ocurrido, pero el anciano se negaba a tratar con él el tema de la muerte de su amigo. Con ese silencio, Donato intuía que estaba intentando protegerle de algo, pero no sabía de qué.

Esa mañana, a la misma hora, Giacomo Varelli abandonaba la consulta del médico. El diagnóstico del médico confirmaba lo que él ya sabía. Su tiempo de vida tenía ya un límite fijado que no iba más allá de unos pocos meses.

No pensaba decirle nada a Donato para no preocuparle, pero, por otra parte, algo en su interior le repetía que el joven merecía saber otra verdad, la verdad sobre la muerte de su hermano, y no había nadie más que él para contársela.

Esa noche, como hacía a diario, Donato visitó a su tutor para interesarse por su salud. Le encontró muy demacrado, aunque con un infrecuente ánimo para conversar.

El anciano le pidió que se sentara, porque tenían que hablar. Mientras tanto, se encaminó hacia un armario del que sacó un voluminoso material distribuido en dos grandes carpetas. Regresó con fatiga a la sala y comenzó a explicarle.

—Lo que vas a escuchar, por más increíble que te parezca, tiene que ver con tu hermano. Es algo que quizá traspase los límites del entendimiento humano —manifestó, sintiendo cómo la tensión invadía el cuerpo de Donato—. Tal vez debía haberte contado todo esto antes, pero tenía miedo de que fuera perjudicial para ti, quería protegerte.

—¿Y por qué lo haces ahora? —inquirió el joven.

—Porque siempre he tenido miedo de que, con tu vehemencia y afán por descubrir la verdad, te metieras en problemas graves y terminaras igual que tu hermano. Ya no puedo hacer nada más para impedirlo y mi tiempo en esta tierra es más bien escaso. No es justo que siga ocultándote lo poco o mucho que puedo conocer del caso —dijo el anciano sacerdote.

Donato se emocionó, ese hombre que tenía delante era su única familia y le veía tan desmejorado físicamente y tan mayor que temía pensar que pronto le perdería para siempre.

—Debo empezar diciéndote que yo investigué, hasta lo que me fue posible, la muerte de Camillo —dijo el viejo sacerdote—, pero aún existen situaciones sin aclarar. Mi trabajo en la Secretaría de Estado me abrió muchas puertas y me dio acceso a diversos lugares y personas, muchas de las cuales me debían favores y silencios que he sabido guardar con discreción a lo largo del tiempo. Todo ello generó agradecimientos y complicidad.

Donato le escuchaba sin articular palabra, mientras su emoción iba en aumento.

—Tuve que forzar confidencias para llegar a conocer parte de lo ocurrido, pero la información que he obtenido nunca podrá salir a la luz pública, ya que ha sido revelada bajo la firme promesa de que ninguna de estas personas se vería involucrada —explicó el anciano—. Aquí, en estas carpetas, está todo lo que he ido recopilando durante años. Ahora es para ti. En estas páginas se encuentra una gran parte de la verdad; léelas con detenimiento.

Durante la charla, que se desarrolló a lo largo de varias horas, Varelli fue relatando muchos detalles del caso, hasta que el viejo sacerdote comenzó a mostrar evidentes signos de cansancio que Donato intentaba ignorar. Se encontraba ante la revelación que había deseado conocer desde la desaparición de Camillo.

—Para entender la vida de tu hermano —señaló Varelli—, debes leer los folios en el orden en que están. No debes apresurarte ni saltarte informes buscando explicaciones sin leer todo como está relatado aquí —dijo casi sin fuerzas el anciano.

Tras convencerle de que necesitaba descansar, Donato acompañó a su amigo al dormitorio, y lo dejó arropado en el lecho. Se sentó en un sillón de la salita, y se dispuso a leer los informes y los documentos que contenían las carpetas.

Allí se desgranaban los trabajos de su hermano junto a otros artículos publicados en la prensa y en internet todo aparecía mezclado y desordenado. Por ejemplo, se recogía el caso del sacerdote Marcello Pellegrino Ernetti, nacido en Rocca Santo Stefano en 1925 y fallecido en Venecia en 1994; también aparecía nombrado como Pellegrino Alfredo Maria Ernetti.

Según los documentos, Ernetti era un padre benedictino que se convirtió en uno de los exorcistas más famosos del Vaticano. También obtuvo reconocimientos como experto en música y como científico. Con apenas dieciséis años, Ernetti logró ingresar en la abadía veneciana de San Giorgio Maggiore. Posteriormente, tras realizar sus estudios como alumno ejemplar, obtuvo licenciaturas en Teología, Lenguas Orientales, Filosofía y Letras, Física Cuántica, así como la diplomatura en Piano, y a su vez se convirtió en un prolífico escritor. Sin embargo, los mayores reconocimientos le fueron otorgados por su labor docente sobre la música prepolifónica anterior al siglo XI, hasta el punto de que obtuvo la única cátedra que existía en esa época dedicada a esta materia.

A principios de la década de 1950, Ernetti se trasladó a Milán para poder estudiar la rama de la física que se ocupaba de la vibración de las voces, denominada oscilografía electrónica. Allí compartió investigaciones con el padre Agostino Gemefli y, un día de septiembre de 1952, mientras ambos se encontraban analizando la armonía de la musicalidad gregoriana, de pronto escucharon una extraña voz que salía del magnetófono. Gemefli la identificó como la voz de su difunto progenitor.

«Yo te ayudo. Siempre estoy contigo». Fue la frase que quedó allí registrada en respuesta a un ruego que realizaba de forma constante Agostino Gemefli a su padre fallecido. Hicieron todo tipo de investigaciones hasta que llegaron a la certeza de que no había dudas sobre lo que habían registrado. Estaban ante la primera psicofonía de la historia.

Donato Cavalieri leyó una antigua nota periodística que profundizaba en el descubrimiento de Ernetti y Gemefli: «Preocupados por las reticencias católicas ante el contacto con los muertos, los sacerdotes solicitaron audiencia a Pío XII, quien les tranquilizó asegurándoles que "la existencia de esta voz es un hecho científico que no tiene relación con el espiritismo. Lo que pasa es que se han registrado ondas sonoras procedentes de alguna parte. Este experimento quizá llegue a convertirse en la piedra angular de un gran hallazgo científico que posiblemente fortalecerá la fe de la gente a partir de ahora". No obstante, el pontífice decidió mantener el descubrimiento en absoluto secreto». Aun así, los dos sacerdotes continuaron profundizando en esas investigaciones.

Donato comprendió que la investigación sobre Ernetti, en la que había participado su hermano, iba más allá de los límites de la imaginación. Todo parecía una locura difícil de asimilar, pero continuó leyendo los informes:

> Tiempo después, Ernetti dijo haber participado en la creación y construcción junto con otros científicos —entre los que incluía, supuestamente, a Enrico Fermi y Wernher von Braun— de un cronovisor, una máquina que permitía captar imágenes y sonidos del pasado. El padre Ernetti aseguraba haber podido visualizar la fundación de Roma en el año 753 a. C. o ver cómo se destruían Sodoma y Gomorra. Ernetti manifestó poder recomponer el texto original de las Tablas de la Ley de Moisés y a su vez el *Thyestes* de Quinto Ennio. Aseguraba que se tenían imágenes y sonidos previos al suicidio de Hitler. También afirmó haber captado una imagen de Jesucristo durante su calvario en la cruz. Presuntamente, el Vaticano y el papa Pío XII en persona estaban en conocimiento de este invento.

Todo sonaba a fraude, a locura descabellada. ¿A qué conclusión habría llegado su hermano, después de interrogar a Ernetti?, se preguntaba el teólogo.

Con escepticismo, Donato continuó leyendo. Los fundamentos de este descubrimiento, según su inventor, se justificaban en el principio de la física clásica, según el cual «la energía no se crea ni se destruye, solo se transforma». En un artículo se hablaba sobre el invento en el cual había participado Ernetti y se exponía que las ondas sonoras y visuales son energía y que, por ello, están sometidas a las mismas leyes físicas que la materia, las cuales una vez emitidas no se pierden, sino que se diluyen o decodifican. El artefacto inventado lograría acceder a las ondas luminosas y sonoras del pasado, conformándolas para reconstruir las mismas imágenes y sonidos que las integraron en su origen.

Entre los documentos, encontró páginas de periódicos y revistas de la época que se habían ocupado del tema. Allí, ante sus ojos, apareció un ejemplar del semanario italiano *Domenica del Corriere,* del 2 de mayo de 1972, con un titular que, en su momento, habría acaparado la atención de muchos: «Inventada la máquina que fotografía el pasado». Más adelante, se señalaba que un equipo de doce físicos, encabezados por un sacerdote, había creado un aparato capaz de fotografiar el pasado que incluso había llegado a registrar la vida entera de Cristo. Y daba pruebas de tan inaudita noticia con la publicación de una imagen del rostro sufriente de Jesús en la crucifixión. Leyó partes de la entrevista al padre Ernetti:

Padre Ernetti: Esta máquina puede provocar una tragedia universal.

> *Periodista:* ¿Por qué?
>
> *Padre Ernetti:* Porque priva de la libertad de palabra, la acción y el pensamiento; de hecho, incluso el pensamiento es una liberación de energía, por lo que se emitirá. Por medio de la máquina, usted sabrá lo que piensa el vecino o el oponente. Las consecuencias serían dos: o una masacre de la humanidad o bien surgiría una nueva moral. Es por eso que es necesario que estos dispositivos no estén disponibles para todos, sino que permanezcan bajo el control directo de las autoridades.

Por su parte, en otro artículo de prensa el padre Luigi Borello, que discrepaba con Ernetti, entendía que estaba claro que una invención como esta depararía sorpresas para el mundo. Si se puede reconstruir lo que sucedió, podrían resolverse todas las dudas, todos los crímenes, todas las conspiraciones. No habría ningún secreto, la vida privada desaparecería. Cada acción, en razón de que se convierte en energía, vaga por el espacio y podría ser recogida por cualquier persona con un cronovisor.

Donato quedó impresionado con las conjeturas que hablaban de la peligrosidad del cronovisor porque, si realmente funcionara, podría mostrar una historia distinta a la que conocemos y nos han contado y revelar que acontecimientos extraordinarios atribuidos a Jesús podrían haber sido inventados por sus discípulos y que los hechos considerados fundamentales en la Historia escrita y el nacimiento de las religiones nunca existieron.

Pero pensó que todo era información de conocimiento público y que tal vez serían solo conjeturas de sus autores, muy respetables, pero artículos que no profundizaban en el tema, se dijo para no preocuparse por un invento que en realidad no sabía si era real o ficción.

Otro artículo publicado en la red revelaba: «Tres meses después de la publicación de la noticia en el *Domenica del Corriere*, Ernetti quedó desacreditado cuando se descubrió que una imagen del rostro de Jesús que, según él, demostraba la viabilidad de su cronovisor no era más que la fotografía de un crucifijo venerado en el Santuario del Amor Misericordioso de Collevalenza, en Perugia».

Tiempo después, en otro trabajo periodístico se señalaba: «Han pasado muchos años sin que Ernetti comparezca ante los medios de comunicación. Lo más obvio sería pensar que estaba avergonzado; sin embargo, no todo va a resultar tan evidente. Cuesta creer que un hombre de su elevada talla intelectual y moral haya estado involucrado en un fraude tan burdo. A nadie le extrañaría que, de existir el ingenio capaz de recuperar el pasado, hubiera sido interceptado y vetada su difusión por parte de las autoridades civiles o religiosas, temerosas de las consecuencias derivadas de su utilización, ya que con él se podrían desvelar la mayoría de los secretos de grandes personajes y se resolverían, de igual manera, casi todas las incógnitas históricas. Como han afirmado algunos, "sería posible, por ejemplo, contemplar los milagros de Jesús". Pero ¿y si se descubriera, por ejemplo, que tales prodigios no sucedieron tal como nos han contado, sino que fueron un invento de sus discípulos? Entonces se produciría una crisis religiosa sin precedentes».

En otra publicación se decía: «Ernetti ha declarado que la Iglesia le ha puesto una mordaza para impedirle hablar. Desprestigiar su trabajo resultaba muy fácil para la jerarquía eclesiástica. Además, de este modo se garantizaba la burla de la opinión pública al investigador y a su trabajo, asegurándose el dominio omnipotente del Vaticano sobre el invento. Pero aún hay más. En 1965, el diario *Il Giorno* difundió que los servicios secretos del Vaticano, en colaboración con los del contraespionaje italiano, detuvieron a un ingeniero llamado Antonio Beretta bajo la sospecha de que trabajaba para el KGB. Lo cierto es que el arrestado era un experto en la teoría de la relatividad que había trabajado durante ocho años al servicio del padre Ernetti. La única información que podía haber vendido a los soviéticos habría sido la relacionada con las actividades desarrolladas en el laboratorio de Ernetti, en San Giorgio Maggiore».

En una parte de la información se señalaba algo que implicaba a la Unión Soviética: «Durante un congreso internacional, un funcionario del Ministerio del Interior soviético, Sergei Antonov, confió a un delegado occidental que "los propios trabajos de nuestros físicos nos inducen a pensar que el equipo de San Giorgio ha debido de realizar ya la grabación en magnetófono de la explosión de Sodoma y Gomorra, así como la inscripción de las Tablas de la Ley en el Sinaí"». Y en un artículo publicado por el diario ruso *Pravda,* se leía: «Las investigaciones sobre la reconstrucción del pasado efectuadas en Italia bajo el control del Vaticano y del Ministerio del Interior están mucho más avanzadas de lo que se ha difundido. Es un trabajo fuertemente vigilado por los servicios secretos del Vaticano».

Donato Cavalieri entendía que la presión y el desprestigio se habían utilizado para hundir a Ernetti. Pero no se explicaba por qué, si todo era verdad, el sacerdote había hecho público su trabajo. Era un enigma que tal vez habría descubierto su hermano.

Además, otros hechos complicaban aún más la historia. El descubrimiento no habría sido de Ernetti, sino de otro religioso, el padre Luigi Borello, quien en todo momento había desacreditado el trabajo y la supuesta invención de Pellegrino Ernetti.

Borello señalaba que, a partir de una idea de Albert Einstein en su teoría de los neutrinos, se podía confirmar que toda materia inanimada posee la capacidad de «almacenar».

Luigi Borello habría desarrollado una técnica que permitiría ver y oír aquello que ha quedado memorizado en las partículas de la materia inanimada. Su teoría divergía de la de Ernetti: «No solo los animales tienen memoria. El rastro de una señal luminosa o de un sonido quedaría también impreso en la materia inanimada. Una piedra recuerda, pero no tiene manera de comunicarlo». Sin embargo, las conclusiones de ambos sacerdotes eran idénticas: «Cada vez que los sonidos o imágenes afectan a la materia, que se transforma en parte en energía estática, pueden ser de nuevo recreados como una forma de energía aún desconocida».

En los documentos guardados cuidadosamente por Varelli, se indicaba que Ernetti había presentado los resultados de sus descubrimientos al papa Pío XII y también a otros científicos y cardenales, y la conclusión había sido unánime: era peligroso para la humanidad, por lo que se le prohibía hablar de ello.

¿Qué descubrió Camillo Cavalieri en los interrogatorios practicados a Pellegrino Ernetti? ¿En qué podría relacionarse esta investigación con su propia muerte?

Las horas iban pasando, y la luz del amanecer se filtraba por el ventanal de la sala. Donato vio aparecer a su amigo y tutor, que venía a invitarle a desayunar.

—Antes te pido que me aclares algunas dudas —suplicó Donato.

—Dime.

—¿En qué oficina o departamento trabajaba Camillo?

—Debo decirte que tu hermano trabajaba al margen de nuestros servicios de inteligencia, no informaba de sus investigaciones al director o al jefe de ese sector, solo al papa. —Y agregó—: Eso despertaba algunos celos dentro de los servicios.

—¿Qué relación existe entre el cronovisor y el fallecimiento de mi hermano?

Giacomo Varelli había tomado la firme decisión de contarle todo al joven, de hablarle de todas sus sospechas y certezas sin omitir nada.

—La aparición del cronovisor generó el interés de múltiples potencias extranjeras, los servicios rusos, por ejemplo, pero fue Estados Unidos la que obtuvo, de primera mano, parte de la información. Sus científicos trabajaban de manera independiente desde muchos años antes en un experimento similar que ya estaba, en la época que nos ocupa, en la fase final de desarrollo, pero con escaso éxito —explicó el anciano.

—Sigue contándome —rogó Donato.

—Yo he hablado con varios físicos que creían en la posibilidad de la existencia del cronovisor, pero muchos otros eminentes investigadores siempre negaron de plano esa posibilidad, explicándome que el supuesto cronovisor se basaba en la idea de que existe una sustancia sutil que llena el vacío en la que quedarían grabadas las ondas de energía de algunos acontecimientos. En realidad, todos ellos quedan grabados, pero con el tiempo su energía se dispersa, no desaparece. Es la misma idea en la que se basan las psicofonías de las que hablaban Ernetti y otros científicos, es decir, algo queda registrado como energía y por su gran impacto es posible recuperarlo sin apenas distorsiones. El cronovisor sería una cámara de fotos del éter, se trata de encontrar el lugar del éter donde aquel acontecimiento quedó grabado y limpiar toda la energía que se haya ido acumulando en esa parte del éter con el paso del tiempo.

—Concrétame qué función cumpliría el éter en este caso —le requirió Donato.

—No soy un experto, pero he estudiado el tema en profundidad —objetó el anciano, pasando a contarle lo que había averiguado—. Algo similar al éter ya fue postulado por Aristóteles para poder explicar la existencia de movimiento más allá de la esfera lunar. Aquí, en la Tierra, basta con los cuatro elementos básicos: aire, fuego, tierra, aire; pero, más allá, es necesaria una sustancia más perfecta, capaz de mantenerse inalterable: en la traducción de Aristóteles es la quinta esencia.

»En la Edad Media, la Iglesia y el pensamiento tomista recuperaron la teoría de la existencia de esta sustancia para convertirla en una especie de comodín para explicar cómo se propaga la luz o para rellenar aquellos agujeros negros de los que no puede saberse qué contienen. Para la Iglesia, el vacío es una suerte de herejía, puesto que Dios creó un mundo lleno. Pero si todo está repleto, entonces no es posible el movimiento. Por eso el éter es tan útil, es muy ligero además de ser enormemente elástico.

»El éter es la quinta esencia de Aristóteles, gozaba de gran popularidad como hipótesis hasta que, en el año 1887, los físicos Michaelson y Morley hicieron un experimento para calcular la densidad y el movimiento propio del éter. Conclusión: el experimento arrojaba un resultado absurdo, es decir, no existía el éter.

»La física actual ha rechazado la idea del éter (lo cual no quiere decir que no exista, simplemente que es una suposición no necesaria para explicar fenómenos como la luz).

—¿Dónde se encuentra la relación de todo esto con mi hermano? —reiteró Donato Cavalieri.

—En que los norteamericanos sospechaban que el cronovisor del Vaticano había sido una filtración de sus investigaciones sobre un proyecto que realizaban en secreto la NASA, el Pentágono y la CIA. El supuesto invento, que según ellos ya desarrollaban basándose en otros principios, apareció y se hizo público a través de las declaraciones de Ernetti. ¿Quién les había traicionado?, se preguntaban, sospechando que algunos de sus científicos habían entregado las pruebas y planos del aparato a los servicios secretos del Vaticano. Además, si era secreto, ¿por qué Ernetti contó a la prensa su descubrimiento? Pero surgió otra versión que señalaba que todo sería una estratagema de los servicios de inteligencia norteamericanos; ellos no tendrían ninguna máquina de fotografiar el pasado, solo buscaban apoderarse del invento de Ernetti.

—Sigo sin entender dónde encaja mi hermano en todo esto —puntualizó el joven sacerdote.

—La CIA, la NASA y el Pentágono sabían que Camillo había realizado la única investigación rigurosa y profunda sobre Ernetti y su cronovisor. Sus averiguaciones secretas, solo conocidas por Pablo VI, quien ordenó guardar estricto silencio sobre el tema, podrían aclarar dónde se encontraba la verdad o la mentira. Era demasiada casualidad que se estuviera trabajando en investigaciones similares; y tu hermano, aparte de Ernetti y sus supuestos colaboradores, era el que mejor conocía el asunto. Creo que los norteamericanos ocultan información sobre lo que le ocurrió a Camillo. Además, en los mentideros se inventaban o se magnificaban los hechos; incluso se afirmaba que Ernetti le habría pedido a tu hermano que guardara un informe que contenía las pruebas fehacientes que demostraban que su invento era propio y que realmente funcionaba. También se aseguraba que Camillo era depositario del único plano de la máquina que quedaba, ya que Pablo VI habría ordenado que se destruyera toda prueba de los experimentos.

—¿Nunca le preguntaste a Camillo sobre la existencia de ese informe? —preguntó el hermano.

—Varias veces, pero su rostro se turbaba y me decía que no debía hablar sobre el tema, que tenía prohibido hacerlo —respondió el anciano.

—Lo que no entiendo —razonó el joven sacerdote— es por qué los norteamericanos no intentaron acercarse directamente a Ernetti, como hicieron con mi hermano.

—Con Ernetti les hubiera resultado imposible intentar algo sin ser descubiertos, nuestro servicio secreto lo tenía vigilado día y noche —aclaró Varelli—. En esos años no existían relaciones diplomáticas con Estados Unidos, y cualquier acto de presión a un sacerdote dentro de Roma habría desencadenado un escándalo de proporciones inimaginables.

Donato se quedó desolado, ambos estaban muy lejos todavía de la verdad, que en realidad era muy diferente de lo que ellos intuían hasta el momento. Lo único que creían probable era que la CIA, la NASA y el Pentágono podrían estar implicados en el trágico final de Camillo Cavalieri.

El arrepentimiento del agente secreto

En 2010, monseñor Franco Moretti ocupaba el cargo de subdirector general en el servicio de inteligencia papal. Algunas veces había observado a distancia los paseos por la plaza de San Pedro de monseñor Varelli y el joven sacerdote Cavalieri; los recuerdos le asaltaban y le provocaban cierto malestar. La angustia se apoderaba de todo su ser y él sabía muy bien por qué. Guardaba un secreto que le hacía sentirse miserable ante sí mismo.

Ocupaba un cargo relevante dentro del Vaticano, poseía cualidades para seguir ascendiendo, pero su conciencia le hostigaba cada día con más fuerza. Para llegar tan alto, había tenido que renegar de sus principios y guardar silencio ante perversas atrocidades en aras de una mejor convivencia con sus aliados norteamericanos.

Cada vez que veía el rostro de Donato Cavalieri, una sensación de vergüenza le invadía, porque, en definitiva, él tenía una idea sobre quiénes pudieron ser los responsables de la espantosa muerte del hermano del joven sacerdote. Aunque no supiera los entresijos, imaginaba perfectamente los motivos.

Era consciente de los enormes esfuerzos de Donato para esclarecer los hechos y limpiar el buen nombre de Camillo Cavalieri, pero él, como subdirector de los servicios secretos, tenía el compromiso de ocultar todo lo que sabía sobre el caso. El coste de mantener la buena relación con los norteamericanos resultaba demasiado caro para su honestidad y, aún más, para su vocación.

Muchas veces se cuestionaba las acciones que debía acometer en su cargo. ¿Era un servidor de Dios o un ejecutor de órdenes que, en muchos casos, le alejaban de los preceptos esenciales de la Iglesia?, se preguntaba constantemente sin obtener respuestas.

Inexplicablemente, cumplía con satisfacción su trabajo, pero, en cada acción que ejecutaba, se sentía impuro y, en muchas ocasiones, se encontraba rezando y pidiendo perdón al Altísimo, con el temor de no ser escuchado.

Día a día iba madurando un proyecto en relación con el tormentoso asunto de Camillo Cavalieri, el honesto sacerdote injustamente acusado de haber llevado una doble vida. La idea de restituir su buen nombre rondaba insistentemente en su cabeza. ¿No se trataría de un mensaje divino?, se preguntaba.

En el camino correcto

Cuando Donato recibió la orden de presentarse ante el subdirector Moretti, no imaginaba el motivo de la cita. Uno de los hombres que inspiraba más temor y respeto dentro de las paredes del Vaticano le recibiría en audiencia privada y esa era la causa de su inquietud.

Cinco minutos antes de la hora fijada, el joven sacerdote se presentó en la secretaría de Franco Moretti. Esperó casi media hora antes de ser recibido en el despacho del subdirector del espionaje vaticano. Entró con algo de temor en la amplia y luminosa estancia donde Moretti, sentado detrás de un gran escritorio de roble, le estaba esperando con una amplia sonrisa en el rostro.

Después de los saludos protocolarios, la conversación transcurrió por temas intrascendentes hasta llegar al verdadero motivo del encuentro.

—¿Cómo se siente en su trabajo? —le preguntó Moretti.

—Muy bien, monseñor —fue la tímida respuesta del sacerdote.

—Me alegro mucho —dijo el subdirector—. Estamos tratando de mejorar las condiciones de trabajo en su departamento de Claves y Comunicaciones. Es fundamental estar al día, sobre todo teniendo en cuenta los constantes avances que se producen a diario en el campo tecnológico...

Donato no sabía qué decir, solo podía asentir con la cabeza. ¿Por qué estaba allí, si ni siquiera era el jefe del departamento de Claves y Comunicaciones del Vaticano?

—He hablado con su superior directo, y estamos de acuerdo en que es necesario enviar a alguien del departamento a realizar algunos cursos de actualización. También ambos coincidimos en que usted reúne las mejores cualidades, y sería muy beneficioso que fuera usted quien asistiera a esos cursos —señaló Moretti.

Donato Cavalieri se quedó sin palabras.

—No ponga esa cara de incredulidad, tenemos plena confianza en usted.

—Se lo agradezco mucho, monseñor, perdone mi sorpresa... Por supuesto, me siento muy orgulloso de que hayan pensado en mí.

—Bien, entonces, no se hable más. Prepare sus asuntos pendientes aquí, ya que en quince días deberá ausentarse por un periodo de seis meses.

—Disculpe, monseñor... Pero ¿dónde se van a realizar los cursos?

Franco Moretti se levantó de su asiento, rodeó el escritorio hasta quedar delante del sacerdote y le respondió:

—En Estados Unidos, en Langley, Virginia, la sede de la CIA.

Cuando Donato salió de la reunión, deambuló sin rumbo por las calles de Roma. No lograba controlar sus emociones. Viajar a Estados Unidos, al cuartel de la CIA, la organización que, en su fuero interno, presentía que estaba directamente relacionada, de alguna manera, con la muerte de su hermano.

¿Estaría allí la respuesta? ¿Era casual que le enviaran exactamente al lugar adonde le habría sido imposible acceder por otros medios que no fueran el de esa oportuna designación de la Santa Sede? Dudaba enormemente de las casualidades. Parecía un peligroso juego preparado estratégicamente por alguien, pero, aunque fuera así, estaba decidido a participar para limpiar definitivamente la memoria de su hermano.

Hacia Estados Unidos

El aeropuerto de Fiumicino era un caos. Muchos viajeros, en espera de varios vuelos retrasados por un conflicto laboral, se amontonaban descansando en el suelo de la terminal del aeropuerto.

Donato Cavalieri ya había facturado sus maletas y aguardaba, en compañía de Giacomo Varelli, el embarque de su vuelo a Estados Unidos, que también se había retrasado.

Los consejos de su viejo amigo se centraban en lo relativo al especial cuidado que debería observar en ese país. Allí estaría solo, sin apoyo de nadie, y debería extremar las precauciones.

—Conozco muy bien los motivos que te han llevado a aceptar esta misión en Estados Unidos —puntualizó Varelli—. No tienes el más mínimo interés en ese curso de claves y comunicaciones. Vas allí a intentar descubrir algo más sobre la muerte de tu hermano, no me lo niegues.

Donato sabía que no podía ocultarle nada a su tutor, era su confidente y, en definitiva, su única familia.

—No voy a negarlo; pero, por si te tranquiliza, te diré que seré extremadamente cauteloso.

El viejo sacerdote tenía intención de revelarle una nueva información, pero, desde luego, sin decirle de quién la había obtenido.

—Este sobre contiene un material que debes leer con tranquilidad durante el vuelo. Aquí en Roma hay algunas personas que quieren ayudarte, pero que no pueden declararlo públicamente por muchas razones de Estado que, en este momento, no vienen al caso. Es importante que sepas que, si te ves en dificultades, solo tienes que comunicármelo y ellos acudirán en tu ayuda. Esto no debería decírtelo, pero lo hago porque tu seguridad es lo más importante para mí.

El joven tomó el sobre y solo preguntó:

—¿Qué hay dentro?

—Datos sobre algunas de las investigaciones que realizó tu hermano bajo las órdenes directas del Vaticano. Material clasificado sobre las profecías del Libro de Daniel y también del Apocalipsis, así como sobre unos escritos inéditos de Isaac Newton que se conservan en Israel —aclaró Varelli, y agregó—: Hay más cosas que debo decirte.

—Dime.

—Hay un dosier con datos y pruebas de las investigaciones de Camillo depositado en Suiza, con estrictas órdenes de tu hermano de entregarse después de cierto tiempo, y ese tiempo ya se ha cumplido —reveló el anciano sacerdote.

—¿Quién debe retirarlo? —preguntó el hermano menor.

—La orden es que tú lo recibas, pero antes yo debo cumplimentar, como apoderado de Camillo, ciertos trámites de seguridad que ya he iniciado. Te informaré al finalizarlos.

A Donato Cavalieri ya nada relacionado con su hermano podía asombrarle. Tomó el sobre y dedicó el tiempo que le quedaba hasta embarcar en el avión a preguntar y conocer detalles sobre esa investigación que relacionaba a Isaac Newton con las Sagradas Escrituras.

Isaac Newton, la profecía y Camillo Cavalieri

Ya en vuelo, el joven teólogo abrió el sobre y comenzó a leer el material que le había entregado Varelli.

La universidad hebrea de Jerusalén había recibido, unas cuantas décadas atrás, unos manuscritos inéditos de Isaac Newton como legado de un coleccionista. En esos escritos se revelaban actividades muy poco conocidas del científico inglés, como la alquimia y el estudio de las Sagradas Escrituras. Por el análisis de la documentación, se confirmaba la obsesión de Newton por descifrar los misterios y las profecías del Libro de Daniel.

En el Vaticano, Camillo Cavalieri era uno de los investigadores más especializados en el Libro de Daniel y sus profecías, y quizás era la mayor autoridad en este tema. Cuando le informaron desde Israel de que habían aparecido escritos inéditos de Isaac Newton referentes al profeta Daniel, no lo dudó un instante, viajó a Jerusalén para analizar en profundidad esos documentos.

Del estudio de los mismos extrajo que, desde 1704, Isaac Newton se había dedicado con insistencia a la tarea de calcular la fecha del fin del mundo a partir de la investigación de una parte de la Biblia, en concreto del Libro de Daniel —un texto bíblico del Antiguo Testamento y, a su vez, del Tanaj hebreo—, que en la Biblia cristiana se ubica entre los libros de Ezequiel y Oseas.

Según sus cálculos, diferentes de los de algunas otras predicciones, el científico inglés vaticinó que el fin del mundo ocurriría 1.260 años después de la refundación del Santo Imperio Romano por Carlomagno, a quien él asignaba un valor profético. Y, dado que Carlomagno había sido coronado como emperador en el año 800 d. C., quedaba claro que el fin del mundo según Newton sería en 2060, resultado de sumar 1.260 a 800. O mejor dicho, a partir de ese año 2060, ya que en su profecía declaraba que:

> Y los días de las bestias de corta vida siendo los años de reinos existentes, el periodo de 1.260 días, si lo datamos desde la conquista completa de los tres reinos francos por Carlomagno en 800 d. C., terminará en 2060 d. C. Puede terminar después, pero no veo razón por la que terminara antes. Menciono esto no para asegurar cuándo será el tiempo del fin, sino para poner un alto a las apresuradas conjeturas de hombres fantasiosos que frecuentemente predicen el tiempo del fin y, al hacerlo, llevan las sagradas profecías al descrédito tan seguido como sus profecías fallan.

No se trataba de un asunto de menor importancia si lo aseguraba uno de los mayores científicos y matemáticos del mundo y si, además, se tiene en cuenta que era también un teólogo que había dedicado más de cincuenta años al estudio de la Biblia y sus contenidos, en los que, según afirmaba convencido, se encontraban las leyes divinas del universo.

Pero ¿quién era el profeta Daniel y por qué una eminencia científica como Newton se había interesado por él?

El profeta Ezequiel fue contemporáneo de Daniel y también estuvo cautivo en Babilonia «junto al río Quebar» (Ezequiel 1:1-3). En sus revelaciones a Ezequiel, Dios nombra a Daniel tres veces, lo que lo coloca en la misma categoría que Noé y Job. «Si estuviesen en medio de ella estos tres varones, Noé, Daniel y Job, ellos por su justicia librarían únicamente sus propias vidas, dice Jehová» (Ezequiel 14:14, 20, 28:3). Al nombrar Dios a Daniel en sus revelaciones, demuestra que este ya había hecho acto de presencia en el escenario del mundo durante el tiempo de la vida de Ezequiel, en el siglo VI antes de Cristo. Por lo tanto, el Daniel del Libro de Daniel no es un personaje ficticio, sino un varón israelita, contemporáneo del profeta Ezequiel, elevado por Dios mismo al rango espiritual de Noé y Job.

Los escritos que estaba leyendo Donato en el avión eran publicaciones que ya habían sido presentadas en distintos medios y que fueron recogidas por Varelli para agregarlas a los estudios de su amigo Camillo Cavalieri a fin de que sirvieran para ilustrar a su hermano.

Allí estaba un comentario sobre el historiador judío Josefo, que en su obra *Antigüedades,* XI, VIII, 5, decía que Alejandro Magno no destruyó la ciudad de Jerusalén porque el poderoso conquistador habría tenido conocimiento del Libro de Daniel y habría comprendido que algunas profecías del libro trataban de Grecia. Dado que Alejandro Magno murió en el año 324 a. C., se deduce que el Libro de Daniel fue escrito antes del referido año.

En el año 200 a. C., el Libro de Daniel ya estaba incluido en el canon del Antiguo Testamento. De haber sido escrito después del año 200 a. C., obviamente no lo habrían incluido en este canon de textos inspirados.

Cristo mismo validó la autenticidad del Libro de Daniel al decir: «Cuando veáis la abominación desoladora de que habló el profeta Daniel (el que lee, entiende)...» (Mateo 24:15). Es, pues, del todo evidente que Jesucristo mismo reconoce a Daniel como «profeta» verdadero. De haber sido el Daniel que escribió el libro que lleva su nombre un personaje ficticio, incuestionablemente Cristo no lo habría identificado como «profeta». Y si el Libro de Daniel hubiese sido un mero recuento de hechos ya acaecidos, o una colección de fábulas inventadas por algún impostor del siglo II a. C., seguramente Jesucristo lo habría sabido, y no lo habría citado para apoyar ninguna enseñanza o acontecimiento profetizado.

El volumen de sus escritos esotéricos equivale (más o menos) al de sus trabajos científicos. Newton conocía perfectamente la diferencia entre alquimia y química racional; sin embargo, se decidió por la primera. Entre sus búsquedas alquímicas figuraba el *vegetable spirit,* una parte de la materia (viva o mineral) «infinitamente ligera y de una pequeñez inimaginable sin la cual la tierra estaría muerta e inactiva».

Entre los diagramas cabalísticos que representaban la piedra filosofal, se encontró también un *Index chemicus,* donde el científico recopilaba todos los cuerpos conocidos por los alquimistas, así como una larga lista de frases extraídas de las Santas Escrituras acompañadas de sus significados en diversas lenguas.

Newton estaba convencido de que la doctrina antigua había sido viciada y buscaba su sentido original con la misma analítica e igual concentración que empleó en sus célebres trabajos científicos.

Para firmar sus trabajos, Newton empleaba un nombre «secreto», hermético, obtenido como anagrama de su nombre latinizado, Isaacus Neuutonus. Su nombre hermético era: *Jeová Sanctus Unus.*

Entre sus opiniones teológicas se encontraba la siguiente:

> Debemos creer que hay solo un Dios o monarca supremo a quien debemos temer, guardar sus leyes y darle honor y gloria. Debemos creer que Él es el padre de quien provie-

nen todas las cosas, y que ama a su pueblo como su padre. Debemos creer que Él es el pantocrátor, señor de todo, con poder y dominio irresistibles e ilimitados, del cual no tenemos esperanza de escapar si nos rebelamos y seguimos a otros dioses, o si transgredimos las leyes de su soberanía, y de quien podemos esperar grandes recompensas si hacemos su voluntad. Debemos creer que Él es el Dios de los judíos, quien creó los cielos y la tierra y todo lo que en ellos existe, como lo expresan los Diez Mandamientos, de modo que podamos agradecerle nuestra existencia y todas las bendiciones de esta vida, y evitar el uso de su nombre en vano o adorar imágenes o a otros dioses.

Allí, entre muchos manuscritos, había un trabajo al que Newton había dedicado muchos años de su vida: los *Doce artículos sobre Dios y Cristo*. En ellos, se reunían las creencias religiosas del matemático:

Artículo 1. Hay un Dios, el padre siempre viviente, omnipresente, omnisciente, todopoderoso, el hacedor de cielo y tierra, y un mediador entre Dios y hombre, el hombre Cristo Jesús.

Artículo 2. El padre es el Dios invisible a quien ningún ojo ha visto o puede ver. Todos los otros seres son a veces visibles.

Artículo 3. El padre posee vida en sí mismo y le ha concedido al hijo poseer vida en sí mismo.

Artículo 4. El padre es omnisciente y posee todo conocimiento originalmente en su propio seno, y comunica conocimiento de cosas futuras a Cristo Jesús y nadie en el cielo o en la tierra o bajo la tierra es digno de recibir conocimiento de cosas futuras inmediatamente del padre excepto el Cordero. Y por consiguiente, el testimonio de Jesús es el espíritu de la profecía y Jesús es la palabra o el profeta de Dios.

Artículo 5. El padre es inmutable, ningún lugar es capaz de llegar a estar más vacío o más lleno de Él de lo que lo está por la necesidad eterna de la naturaleza. Todos los otros seres pueden moverse de un lugar a otro.

Artículo 6. Todo culto (fuera oración, alabanza o agradecimiento) que se debiera al padre antes de la llegada de Cristo se le debe todavía. Cristo no vino para disminuir el culto a su padre.

Artículo 7. Las oraciones más eficaces son las dirigidas al padre en el nombre del hijo.

Artículo 8. Debemos rendir gracias al padre solo por crearnos y darnos comida y vestido y otras bendiciones de esta vida, y cualquier cosa que sea lo que le agradezcamos, o deseemos que Él haga por nosotros, se lo pedimos inmediatamente en el nombre de Cristo.

Artículo 9. No necesitamos orar a Cristo para que interceda por nosotros. Si oramos al padre correctamente, él intercederá.

Artículo 10. No es necesario para la salvación dirigir nuestras oraciones a nadie más que al padre en el nombre del hijo.

Artículo 11. Dar el nombre de Dios a ángeles o reyes no va contra el primer mandamiento. Rendir el culto del

> Dios de los judíos a ángeles o reyes va contra él. El significado del mandamiento es tú no adorarás a otros dioses excepto a mí.
>
> Artículo 12. Mas para nosotros hay un solo Dios, el padre del que proceden todas las cosas y nosotros, y un Señor Cristo Jesús por el que todas las cosas son y nosotros por él. Es decir, debemos adorar al padre solo como Dios todopoderoso, y a Jesús solo como el Mesías, el gran Rey, el Cordero de Dios que fue muerto y nos ha redimido con su sangre y nos ha hecho reyes y sacerdotes.

Dentro del sobre, Donato Cavalieri también encontró un trabajo del norteamericano Martin Gardner, un filósofo de la ciencia y escritor nacido en 1914, quien, en uno de los artículos, se refería a la vida de Newton:

> Newton era un devoto anglicano que creía firmemente que la Biblia era una revelación de Dios, aunque admitía que los textos originales habían sido muy deformados por la desaprensiva Iglesia de Roma.
>
> Aceptaba al pie de la letra la versión del Génesis sobre la creación en seis días, la tentación y caída de Adán y Eva, el arca de Noé y el diluvio universal, la sangrienta redención a cargo de Jesús, su nacimiento de una virgen, la resurrección de su cuerpo y la vida eterna de nuestras almas en el cielo o en el infierno. Jamás dudó de la existencia de ángeles y demonios, y de un Satán destinado a ser arrojado a un lago de fuego el día del Juicio Final.

La pasión de Newton por la alquimia solo era superada por su pasión por las profecías bíblicas. Consumió cantidades increíbles de energía mental intentando interpretar las profecías de Daniel en el Antiguo Testamento y el Libro de la Revelación en el Nuevo. Dejó escritas más de un millón de palabras sobre este tema, y se consideraba el primero que había interpretado correctamente ambos libros. Al haber tenido tanto éxito en la resolución de algunos de los misterios del universo de Dios, dedicó su talento a intentar resolver los enigmas planteados por la Sagrada Palabra de Dios.

Newton estaba firmemente convencido de que los libros de Daniel y del Apocalipsis, correctamente descifrados, demostraban que la historia del mundo terminaría con la segunda venida de Jesucristo, seguida por su juicio a los vivos y los muertos.

En sus afirmaciones, Martin Gardner llegaba incluso más allá en sus opiniones personales:

> Como millones de protestantes del siglo XVII, [Newton] creía que el papa era el anticristo profetizado en el Apocalipsis: una encarnación de Satán en su último e inútil intento de frustrar el plan de Dios para limpiar de pecado el universo.
>
> Aceptaba la profecía que advierte de que, en los últimos días, los judíos regresarán a Jerusalén y se harán cristianos. A la llegada de Jesús, le seguirá un milenio durante el cual el Señor gobernará el mundo «con mano de hierro».

Sobre la segunda parte del libro de Daniel, el sabio inglés anunciaba el advenimiento de un nuevo reino del Señor: «Y una piedra cortada no con mano, que cayó sobre los pies de la imagen, y rompió los cuatro metales en pedazos, y llegó a ser un gran monte, y llenó toda la tierra, representa que se levantará un nuevo reino, después de los cuatro, y conquistará a todas aquellas naciones, y crecerá hasta ser muy grande, y durará hasta el fin de todos los tiempos».

Seis años después de la muerte de Newton, se publicó en Londres su obra *Observaciones sobre las profecías de Daniel y del Apocalipsis de san Juan*. El libro se reeditó en 1922, pero desde entonces, sorprendentemente, ha sido imposible encontrarlo.

Después de leer esos informes, el joven sacerdote italiano los volvió a guardar en el sobre, mientras se afanaba por entender lo que aún no había podido asimilar.

El principio del camino

Cuando el avión aterrizó en el aeropuerto John Fitzgerald Kennedy de Nueva York, Donato estaba despierto y con unos deseos irrefrenables de enfrentarse lo más rápidamente posible a la misión que tenía encomendada. No había podido dormir, ya que la lectura del material contenido en el sobre que le había entregado Varelli antes de partir le había quitado el sueño.

Sumido en sus pensamientos, no advirtió que, desde que había despegado del aeropuerto italiano, sus movimientos eran observados por dos hombres. Vestidos con trajes de excelente calidad, aparentaban ser ejecutivos que viajaban en ese mismo avión y ambos se habían situado a una distancia prudencial para no despertar sospechas.

Donato Cavalieri abandonó el avión y recorrió un extenso trayecto dentro de la terminal del aeropuerto. Después, cumplimentó los requisitos migratorios de entrada a Estados Unidos y se dirigió a esperar su equipaje.

Cuando, por fin, atravesó la puerta de salida, se encontró con un rostro conocido entre quienes esperaban a los viajeros. Se trataba del padre Francesco Tognetto, un antiguo compañero con el que había trabajado en Roma y que, desde hacía un año más o menos, desempeñaba sus funciones en el arzobispado de Nueva York, en dependencia directa de la nunciatura apostólica con sede en Washington.

Tognetto era un fraile benedictino de mediana estatura, algo obeso, de unos cuarenta años de edad y sonrisa afable. Era también uno de los miembros del servicio de inteligencia de la Santa Sede enviados a trabajar en territorio estadounidense.

Los dos religiosos se saludaron efusivamente y los dos acompañantes de Francesco Tognetto cargaron con el equipaje del recién llegado para, después, introducirlo en el maletero del automóvil del arzobispado.

En el trayecto hacia el centro de Nueva York, conversaron animadamente sobre distintos temas. Tognetto le comentó que pasarían un momento por las oficinas de la archidiócesis, ubicada en el 1011 de la Primera Avenida, en cuya planta 19 se encontraba su despacho de la cancillería.

Después, Donato Cavalieri fue llevado a una residencia eclesiástica reservada para enviados especiales que se encontraba en Yonkers, Nueva York, en la avenida Seminary, cerca de la calle Mile Square, sede de otras dependencias de la archidiócesis. Se trataba de una tranquila zona residencial de construcciones de pocas plantas. La finca apenas era visible detrás de una tupida arboleda que se extendía a lo largo de la avenida Seminary.

Ya instalado en un pequeño dormitorio individual, el joven sacerdote pudo dormir unas horas y recuperarse así de su largo viaje.

Sin saber por qué, se despertó. Miró su reloj, ya sincronizado con la hora de Nueva York, y se sobresaltó al darse cuenta de que era casi la hora acordada con Tognetto para reencontrarse.

Después de un baño reparador, se vistió rápidamente. Salió del dormitorio y se dirigió hacia el vestíbulo central, donde ya estaba esperándole el padre Francesco para acompañarle a cenar.

El comedor de la residencia estaba ubicado en una amplia sala. Los dos hombres se sentaron en una mesa junto a un ventanal que daba a la parte trasera del edificio. El camarero les ofreció el menú. Mientras esperaban, conversaron.

—¿Qué sitio es este? —preguntó Donato a Francesco.

—Es un lugar de paso que tenemos en Nueva York para extranjeros que vienen de Roma o de otros lugares para realizar cursos, seminarios o trabajos especiales en Estados Unidos —respondió Tognetto sin entrar en más detalles.

—Dentro de cinco días debo presentarme en Langley —le indicó Cavalieri.

—Sí —confirmó Francesco—, pero, al tratarse de un lugar muy especial, quienes van a Langley deben pasar primero por aquí para recibir instrucciones específicas de cómo deben comportarse... Mejor dicho, para conocer las reglas que deben observar durante su permanencia allí.

—Solo voy a realizar un curso de claves y comunicaciones... —comentó inocentemente Donato.

—Escucha, te diriges al centro del espionaje norteamericano para realizar un curso al que muy pocos tienen acceso. Desconozco con qué influencias cuentas en Roma, pero si te han seleccionado para ir allí, es que tienes un respaldo difícil de obtener para cualquier miembro del Vaticano —apostilló Tognetto.

El joven sacerdote no salía de su asombro. Él no era más que un simple analista del servicio de inteligencia. De nuevo volvieron a asaltarle las dudas. ¿Por qué le habían elegido precisamente a él para realizar ese curso en el cuartel general de la CIA?

—En nuestra organización, todo está muy jerarquizado —le comentó Francesco—. Mientras permanezcas aquí, yo seré tu instructor. Pero no voy a poder trabajar contigo hasta mañana por la noche.

—Está bien. ¿Qué puedo hacer mientras llega ese momento? —preguntó Donato.

—Imagino que te gustará conocer Nueva York...

—No. Solamente quisiera visitar la catedral de San Patricio antes de ir a Langley.

—No te preocupes, mañana por la mañana pasará un coche a buscarte. Intenta hablar solo lo estrictamente necesario con la persona que te acompañe, nadie debe conocer tu misión en Estados Unidos —le indicó el instructor.

—Lo sé.

—Solo te anticipo que, mientras dure el curso en la academia, debes tener bien abiertos los ojos y los oídos... Tienes que analizar con detenimiento todo lo que veas y escuches. No importa lo intrascendente que te parezca algún hecho, fíjalo en tu mente. No escribas ni intentes fotografiar algo. Ni se te ocurra grabar nada, allí te revisarán una y mil veces. Te mantendrán bajo estricta vigilancia. Más allá del curso, tu misión será conocer lo que hacen y hablan los instructores y el personal de la CIA. Cuando finalice tu formación, deberás elaborar un informe confidencial sobre lo que hayas visto y escuchado allí.

—En... tiendo. Sí, sí, entiendo... —se atrevió a balbucear Donato Cavalieri.

—No, no lo entiendes aún, pero ya te lo iré explicando en estos días que tenemos por delante —dijo Francesco Tognetto en tono imperativo—. Ellos hacen lo mismo cuando van a Roma por algún motivo: espiarnos e intentar extraer información.

El sacerdote recién llegado fue incapaz de articular palabra, aunque tampoco quería entrar en discusiones con su interlocutor.

La cena continuó y, cuando finalizaron, el religioso benedictino que le había sido asignado como instructor le dio amablemente una última indicación.

—Bien, ahora vete a descansar. Mañana será el único día en el que podrás salir de aquí antes de tu viaje a Langley.

Se despidieron y, mientras se dirigía hacia su dormitorio, Donato pensaba en la desconfianza mutua que se profesaban los supuestos aliados.

En la tranquila y desolada avenida de Yonkers, había un camión aparcado de una supuesta empresa de reparaciones eléctricas de urgencia, que era en realidad un centro de escucha de todo lo que se hablaba en la finca donde se hospedaba el joven cura italiano. Nadie se había percatado de su presencia en el lugar.

En Roma

En una sala de un edificio cercano a la Santa Sede, el obispo norteamericano John Benton y un seglar mantenían una conversación privada. El obispo paseaba de un lado a otro de la habitación, parecía no poder controlar los nervios.

—Donato Cavalieri ya está en Estados Unidos —comentó el obispo preocupado.

—Ya lo sé, monseñor, no lo hemos podido evitar.

—Demasiados inútiles a nuestro alrededor —sentenció Benton.

—Disculpe —dijo el seglar con cierto tono servil—, pero la orden para que asistiera a ese curso venía de muy arriba. Nadie habría podido impedirlo.

—Las «órdenes desde arriba» no las puede dar un inepto como Franco Moretti —apuntó el obispo ya fuera de sí.

—Cuenta con la plena confianza de Su Santidad —se justificó su interlocutor.

—Escuche, se lo estoy diciendo a usted para que me aporte soluciones, no para que justifique las acciones de gente que no piensa como nosotros —le espetó despectivamente John Benton.

—Perdone, monseñor…

—Basta de pedir disculpas y de servilismos absurdos —le recriminó tajante el norteamericano mordiendo sus propias palabras—. Necesitamos ir por delante en nuestras acciones… Prepare una reunión de urgencia con nuestra gente esta misma noche, y que no sea en el sitio de siempre. Busque una alternativa.

—Se hará como usted disponga… —manifestó el seglar, con intención de retirarse a cumplir lo encomendado.

—Otra cosa —indicó el obispo—, necesitamos acelerar la campaña contra el secretario personal de Franco Moretti por el tema que usted ya sabe. Debemos dejar que se extienda el rumor de su imperdonable desliz, pero sin que se haga público, basta que sea conocido por el entorno de Su Santidad.

—Ya hemos elaborado pruebas concluyentes. No tendrá más remedio que renunciar a su cargo —añadió el aludido.

—Bien —susurró Benton en voz baja—. A su jefe le va a ser muy difícil explicar por qué lo sigue respaldando.

El obispo se quedó solo en la sala. Mientras repasaba la conversación que acababa de mantener, su ira iba en aumento.

Un día de paseo

Por la mañana temprano, un conductor de la archidiócesis recogió a Donato en la finca de la avenida Seminary para llevarle a realizar un pequeño recorrido por la ciudad de Nueva York.

Desde el camión de reparaciones eléctricas, se transmitió la información de la partida del cura visitante. El control pasaba a otra fase.

Desde el cielo observaban los pasos de Donato Cavalieri, y no se trataba precisamente de algo celestial. El seguimiento de sus pasos comenzaba a realizarse desde un satélite.

Dentro del automóvil, el sacerdote italiano inició una animada conversación con Peter Johnson, un afable joven neoyorquino que trabajaba como guía de la ciudad y era uno de los responsables de llevar a recorrer Nueva York a los visitantes que recibía la archidiócesis.

—¿Es su primer viaje a Estados Unidos? —preguntó Peter a su pasajero.

—Sí, es la primera vez —respondió el aludido.

—Pues, en el escaso tiempo del que disponemos, procuraré mostrarle lo más interesante de la ciudad —dijo sonriendo el conductor.

—No se preocupe, solo deseo conocer la catedral de San Patricio. No tengo tiempo ni días disponibles para recorrer más lugares de Nueva York.

El resto del trayecto lo realizaron en agradable conversación. Cada cierto tiempo, Donato preguntaba algo de su interés y el conductor le contestaba haciendo una extensa demostración de sus conocimientos como guía turístico.

Todos los movimientos del vehículo eran visualizados desde las instalaciones de lo que podría haber sido anteriormente un hangar aéreo, situado a las afueras de Nueva York. El citado hangar contaba con un sofisticado equipamiento de última tecnología, como unas pantallas gigantescas que iban siguiendo al automóvil, a la vez que indicaban la posición de latitud y longitud.

Un grupo de técnicos observaba las pantallas y, desde un panel de control, se cambiaba el uso de distintas cámaras de televisión, alternando imágenes tomadas desde tierra o desde el espacio.

Dentro del hangar, en un despacho alejado del centro de recepción audiovisual, dos hombres impecablemente vestidos con trajes oscuros discutían los pasos que seguirían.

El que estaba a cargo de la vigilancia le planteaba una duda a quien era su jefe inmediato.

—No entiendo qué quieren hacer con este sacerdote italiano...

—La orden es controlar todos sus movimientos, es todo lo que debe hacer, además de informarme puntualmente de todos sus desplazamientos —puntualizó Frank Rossetti, el enlace entre la CIA y la Santa Sede.

—Estamos descuidando otros casos importantes por registrar los movimientos de un solo hombre.

—Estoy de acuerdo, pero el control sobre este sacerdote es absolutamente prioritario sobre cualquier otro caso en el que estemos trabajando —apuntó Rossetti a su interlocutor.

Desde la sala de control, uno de los operadores, después de verificar las imágenes que se recibían en una de las pantallas, comunicó que Donato Cavalieri ya se encontraba delante de la catedral de San Patricio, ubicada en la Quinta Avenida, entre las calles 50 y 51, frente al Rockefeller Center de la ciudad de Nueva York.

El teólogo italiano se olvidó por unos instantes de sus preocupaciones y, antes de pasar al interior, se detuvo a observar las líneas góticas de la hermosa catedral construida en 1865. Desde tan cerca, le era imposible visualizar por completo la grandiosidad de la edificación, con sus torres de cien metros de altura.

No tardó mucho tiempo en entrar y, ya dentro, se arrodilló para rezar. Luego se dedicó a recorrer el interior entre una cantidad de turistas y feligreses que hacían sus oraciones con recogimiento. Mientras realizaba la visita, recordó que entre 1927 y 1931 la catedral fue reformada con la ampliación del santuario y la instalación del órgano.

Sus pasos eran vigilados en todo momento por una pareja compuesta por un hombre y una mujer que aparentaban ser unos despreocupados turistas que, como él, estaban interesados en visitar el interior de la catedral.

Después de un tranquilo paseo de más de una hora, Donato decidió marcharse.

Cruzó la Quinta Avenida y se detuvo un momento a admirar el Rockefeller Center.

Después volvió sobre sus pasos y, atravesando la calle 51, llegó a la avenida Madison, donde le esperaba Peter Johnson junto al automóvil.

—¿No quiere conocer la Zona Cero, donde se levantaban las Torres Gemelas? —le preguntó el conductor.

—No, muchas gracias —respondió—. Prefiero volver a Yonkers.

En el trayecto de regreso, el seguimiento realizado a través del satélite se volvió a poner en marcha.

Al llegar a la residencia para visitantes extranjeros de la archidiócesis, Donato se despidió amablemente de Peter, el conductor, y entró en el recinto. Ya casi era la hora del almuerzo. Subió a su habitación y, en poco tiempo, se presentó en el comedor.

Buscó una mesa junto a la gran ventana que daba a la parte de atrás del edificio. La frondosa arboleda que rodeaba el recinto y la maleza mal cortada daban al lugar un cierto aspecto lúgubre.

En el amplio comedor, Donato pudo observar a distintas personas que llegaban y ocupaban las mesas; muchas de ellas parecían conocerse y conversaban animadamente entre sí.

Él no conocía a nadie. Trató de adivinar las procedencias de algunos de los hombres que allí se iban congregando. Los integrantes de un pequeño grupo eran jóvenes y hablaban en francés, por lo que intuyó que serían seminaristas en viaje de estudios. Pronto el lugar se encontró lleno de personas que hablaban en diferentes idiomas.

El encargado y tres ayudantes iban por las mesas apuntando las peticiones de los comensales. Donato leyó el menú del día, indicó a uno de ellos lo que iba a comer y luego se dispuso a esperar con paciencia a que le trajeran el almuerzo.

Se puso a mirar por la ventana sin darse cuenta de que un hombre se había acercado a su mesa.

—Discúlpeme —dijo el recién llegado—, no quedan sitios libres en el comedor... ¿Le molestaría que compartiera la mesa con usted?

El sacerdote italiano levantó la mirada y se encontró con un sonriente joven de unos treinta años.

—No..., no me molesta, en absoluto —fue su respuesta automática—. Siéntese.

—Antes de nada, me voy a presentar. Soy el padre Andrés Cabielles, español, y estoy hospedado aquí —dijo mientras le extendía la mano.

—Encantado, soy el padre Donato Cavalieri, italiano.

Pronto congeniaron y comenzaron a conversar animadamente. El español le contó que era de Asturias y que acababa de llegar a Nueva York en viaje de trabajo para la edición de un libro sobre las reliquias sagradas que se guardan en la catedral de Oviedo, entre las que se encontraba el Santo Sudario que envolvió el rostro de Jesucristo. El italiano solo le comentó que estaba allí para realizar un curso, y no agregó nada más.

La conversación se fue extendiendo y, cuando estaban tomando el café, se dieron cuenta de que eran los dos últimos comensales que quedaban en el comedor.

—Ha sido una conversación muy amena. El tiempo ha transcurrido casi sin darnos cuenta —comentó el español—. Deberíamos continuarla antes de que te marches a Virginia.

Donato sintió un leve cosquilleo en el estómago. A lo largo de la conversación no había mencionado que su curso sería en Virginia. De cualquier manera, guardó silencio.

Después de despedirse del español, el sacerdote italiano se retiró a su habitación. Se recostó en la cama y cerró los ojos lentamente, el cambio de hora entre Roma y Nueva York aún le seguía afectando.

Tres horas después llegó Francesco Tognetto para iniciar el primer día de trabajo, pero además traía la noticia de que el comienzo del curso de claves y comunicaciones se había retrasado sin que las autoridades de la CIA les hubieran explicado los motivos.

—¿Qué puede haber sucedido? —preguntó Donato con desilusión.

—No lo sé. Realmente no lo entiendo —respondió el padre Tognetto—. Además, una buena fuente me ha informado de que ya están aquí alumnos de varios países para realizar este curso de actualización.

—¿Lo han suspendido definitivamente o solo han pospuesto el inicio? —volvió preguntar el joven teólogo.

—Según ellos, será simplemente por unos días y nos avisarán muy pronto.

—No deja de ser extraño este retraso...

—¿Por qué lo dices? —le preguntó Francesco Tognetto.

—Están jugando con el tiempo de mucha gente. Es difícil de entender que lo retrasen cuando alumnos de distintos países ya han llegado.

—Desde ese punto de vista, tienes razón —asintió Francesco—. De cualquier manera mañana trataré de averiguar qué sucede.

—Bien, si te parece vamos a cenar —propuso Donato.

—Disculpa, pero como ahora tendremos más días para trabajar juntos, no es necesario que comencemos hoy —explicó el cura instructor—. Ha venido mi hermano desde Italia a visitarme y pensaba pasar un rato con él esta noche.

—Por mí no hay problema —se apresuró a comentar Cavalieri—. Atiende a tu hermano y mañana nos vemos.

—No, lo que quería decir es que nos acompañes a cenar fuera de aquí, si no te molesta —puntualizó su colega.

—Te agradezco la invitación, pero vosotros tendréis mucho de qué hablar, asuntos de familia, y a mí no me gustaría resultar inoportuno.

—Te estoy invitando de todo corazón. Me encantaría que aceptaras venir con nosotros —reiteró Tognetto.

—Te lo agradezco enormemente, pero prefiero cenar aquí y acostarme temprano. Mañana hablaremos.

—Todavía te sigue afectando el cambio de horario —sonrió el instructor—. Descansa y mañana nos vemos. Espero poder darte mejores noticias entonces.

Se despidieron y Donato se dirigió al comedor, en el que había muchas menos personas que a la hora del almuerzo.

Instintivamente, trató de encontrar a Andrés Cabielles, el español con el que había comido ese mediodía, pero no le vio entre los comensales. Aún le seguía pareciendo extraño el hecho de que el sacerdote asturiano supiera que él iba a hacer un curso en Virginia, cuando en ningún momento se lo había comentado.

Después de cenar, se bebió un café que le pareció insípido y, con paso cansino, se encaminó a su habitación. Ya dentro, sin desvestirse, se recostó en la cama para pensar. Le parecía incongruente el cambio de última hora y, por más que le daba vueltas, no conseguía descubrir una razón lógica para el retraso del curso.

Cuando se disponía a meterse en la cama, unos leves golpes en la puerta de su habitación le sobresaltaron.

—¿Quién es? —preguntó elevando la voz.

Nadie respondió. Se acercó a la puerta y volvió a preguntar.

Solo escuchó algo muy similar a un débil murmullo. Esperó unos instantes y decidió abrir la puerta. No había nadie delante de su habitación; salió al pasillo y pudo vislumbrar, en medio de la débil luz que apenas iluminaba el lugar, la figura de un hombre que desaparecía rápidamente en un corredor a varios metros de donde él se encontraba. Le pareció que esa persona podría ser el sacerdote español, Andrés Cabielles, aunque no se habría atrevido a asegurarlo.

Para salir de dudas, cerró la puerta de su dormitorio y se dirigió a la recepción de la residencia.

El lugar se encontraba desierto. Delante del amplio mostrador de la recepción, se dispuso a esperar a que alguien llegara. Minutos después, del despacho ubicado a un lado de la puerta principal de acceso al edificio vio salir a uno de los encargados.

—Buenas noches, soy el padre Cavalieri, necesito hacerle una consulta...

—Claro, padre, lo que necesite. Dígame —respondió con cortesía el hombre.

—Quisiera saber en qué habitación se encuentra el padre Andrés Cabielles, un sacerdote que ha venido de España...

—Si aguarda unos instantes, revisaré en el registro de huéspedes —le indicó el encargado, mientras pasaba detrás del mostrador y se disponía a buscar en un ordenador la información solicitada.

—¿Cuál es el nombre?

—Andrés Cabielles —confirmó Donato a su interlocutor.

Después de buscar y volver a revisar con detenimiento, el encargado le respondió:

—Lamento informarle de que no tenemos a nadie registrado con ese nombre y apellido...

—Eso es imposible, hoy al mediodía he almorzado con él —aseguró con asombro el cura italiano—. ¿Cualquier persona puede almorzar aquí sin estar hospedado?

—No, no se trata de un servicio de restaurante para el público en general, es un servicio exclusivo para los huéspedes de la residencia. Déjeme revisarlo de nuevo por si acaso —pidió el encargado.

Después de volver a comprobar el registro de huéspedes, señaló:

—Aquí está, lo he encontrado. —Comenzó a leer la ficha con los datos—: Padre Andrés Cabielles, oriundo de Asturias, España, habitación 123...

—¿Se encuentra ahora en la residencia? —le preguntó Donato Cavalieri.

—Mmm... Hay un problema... —dijo el encargado mientras leía en la pantalla del ordenador—. El padre Andrés Cabielles regresó a España hace cuatro días. Ha estado aquí hospedado, pero, como puede ver, ya no lo está. Es que por aquí desfila tanta gente entre quienes se hospedan o vienen solo a comer durante el día que la mayoría pasa inadvertida para quienes trabajamos aquí —agregó el encargado.

Donato no podía disimular su sorpresa, pero prudentemente prefirió no hacer más comentarios. Le dio las gracias al empleado y se marchó hacia su habitación.

Miles de pensamientos se agolpaban en su cabeza. Nada parecía tener sentido. Anduvo por el desierto corredor y, al entrar en su dormitorio, intentó encender la luz presionando el interruptor varias veces, pero parecía no funcionar. Casi a tientas, se dirigió a la mesilla de noche, junto a su cama, y logró encender la lámpara.

Se disponía a descansar cuando volvió a escuchar unos leves golpes en la puerta de la habitación. Abrió sin recelos para encontrarse con el rostro conocido de Peter Johnson, el joven chófer y guía que tan amablemente le había llevado a conocer la catedral de San Patricio.

—Buenas noches, padre Cavalieri. Ha habido una contraorden urgente del padre Francesco Tognetto y debe acompañarme ahora. Él nos espera cerca de aquí.

—Pero ¿qué sucede? —inquirió Donato.

—No lo sé, pero parece grave —respondió el chófer.

—Aguarde, le llamaré para saber qué ocurre...

Peter Johnson le detuvo.

—No, padre, por teléfono ni una palabra. Ya le explicará Tognetto —dijo, y agregó—: Me ha dicho que lleve su equipaje, sus notas y que salgamos de aquí sin que nadie lo note. Es por su seguridad...

A Cavalieri le pareció algo extraño todo, pero hizo lo que le pedía Francesco Tognetto. Ya tendría tiempo de preguntarle el motivo de tanto misterio. Sus razones tendría, pensó, y rápidamente preparó su maleta y sus notas, y acompañó al chófer-guía, quien le condujo por una puerta lateral del edificio para que nadie se percatara de su salida.

La Orden

Por fuera, el edificio ubicado en Via dei Corridori, cerca de la plaza de San Pedro en Roma, pasaba inadvertido para la mayoría de los que circulaban a diario por ese lugar. No tenía nada en su fachada gris que llamara la atención de los transeúntes o de los turistas que visitaban la ciudad.

En la tercera planta, se encontraba una enorme sala que esa noche se utilizaría para una reunión del grupo de estudios que dirigía el obispo norteamericano John Benton.

Dos hombres estaban preparando dicha reunión. Uno de ellos, a través de un teléfono móvil, estaba terminando de anunciar la convocatoria a los miembros del grupo.

Oficialmente para la Santa Sede, el grupo de estudios encabezado por el obispo Benton se dedicaba a investigaciones sobre santos norteamericanos, con el cometido de divulgar la vida, obra y milagros de los católicos en Estados Unidos. Con esta actividad, la Iglesia de Roma garantizaba su presencia frente a otras religiones con mayor número de fieles en ese país.

Según el orden del día, en la reunión se trabajaría en la preparación de un libro documental sobre la vida y obra de dos santas de origen estadounidense: Elizabeth Ann Bayley y Katherine Drexel.

La realidad, en cambio, era muy diferente: los miembros de ese selecto grupo sabían que todo eso no era más que una tapadera que les permitía trabajar en lo que realmente les interesaba sin despertar sospechas dentro del Vaticano.

El obispo Benton ya hacía mucho tiempo que había dejado de estar al servicio del Dios que está en los cielos y, aunque continuaba aparentando ser un fiel seguidor de los preceptos cristianos, ahora servía a otros amos, a esos que le habían prometido un reino terrenal más acorde con sus ambiciosos sueños de poder.

—Bueno, ya están todos informados de la reunión de esta noche —indicó el responsable de citar a los integrantes del grupo.

—Bien. Avisa al obispo de que ya está todo preparado, tal como él quería —respondió el otro colaborador.

—Sí, pero antes debo informarme, a través de nuestro contacto en Inteligencia, acerca de qué se sabe de Donato Cavalieri en Estados Unidos —manifestó el primero de los ayudantes—. El obispo me lo preguntará y debo contestarle.

—Pero el asunto Cavalieri ya está arreglado, pronto le dirán que el curso se ha suspendido definitivamente y no tendrá más remedio que regresar a Roma —señaló a quien aparentaba ser el encargado de cumplir las órdenes del obispo.

—Eso aún no está confirmado. Además, sabes bien que Benton se altera con facilidad si no se le informa con seguridad y al detalle. No estoy de humor para soportar sus gritos. Intentaré obtener toda la información antes de hablar con él.

—Parece que le tienes mucho miedo… —dijo sonriendo su interlocutor.

—Soy su ayudante personal y el único que aguanta sus ataques de ira cuando las cosas no salen como pretende —comentó con resignación el aludido.

Una situación complicada

Tras recorrer parte de los suburbios de Nueva York en la noche lluviosa, el automóvil que conducía Peter Johnson, el chófer del arzobispado, se detuvo frente a lo que parecía ser el edificio de una vieja fábrica abandonada.

—¿Es aquí? —inquirió Donato.

—Sí, padre —respondió Johnson—. Un instante nada más para que nos den la orden de entrar —dijo y comenzó a realizar una serie de destellos con las luces del vehículo a modo de señal.

Desde una ventana del segundo piso de la fábrica, pronto respondieron con la clave lumínica acordada.

—Podemos entrar —dijo el chófer, y reanudó la marcha hasta una puerta lateral de acceso de vehículos que se abrió para que pudieran entrar.

Intrigado por las precauciones, Donato preguntó:

—¿Qué es todo esto?

—Medidas de seguridad, padre —fue la respuesta.

Ya dentro, el cura italiano se apeó del automóvil y miró en derredor. La vieja maquinaria en desuso de lo que parecía ser una fábrica textil abandonada le produjo la sensación de estar viajando al pasado, aunque a cada minuto crecía su desconcierto por la intempestiva y misteriosa forma en que su colega y guía Francesco Tognetto le había hecho llegar hasta ese lugar.

—¿Dónde está el padre Francesco?

—Sígame por aquí —pidió el chófer. Después de recorrer unos metros dentro de la enorme edificación, subieron por una destartalada escalera de madera que conducía a lo que parecía ser la zona de la antigua administración de la fábrica.

Había una tenue luz dentro del despacho en el que entraron.

—Tome asiento —le indicó el chófer Johnson.

—Gracias, estoy bien así —dijo el cura.

Unos minutos después, una puerta ubicada al fondo del despacho se abrió y alguien a quien Donato ya conocía entró en el recinto. Alguien a quien el cura italiano jamás habría pensado encontrar en ese lugar.

Allí, frente a él, estaba Andrés Cabielles, el presunto sacerdote asturiano que, con ese nombre y apellido, se le había acercado en la residencia de Yonkers intentando entablar una conversación.

—¿Dónde está el padre Tognetto? —preguntó Donato.

—Aquí no le verás y él tampoco sabe que tú estás aquí con nosotros para conversar. Por otro lado, no temas, aquí nada malo te ocurrirá, solo queremos conversar contigo —dijo el presunto Andrés Cabielles.

Donato no sentía ningún temor, solo le intrigaba saber quién era y qué quería de él ese hombre que se había presentado con el nombre de otro y que después había reaparecido en su propia habitación.

—¿Quién eres y qué haces aquí? —le preguntó en tono imperativo al hombre.

Su interlocutor le miró durante unos breves instantes, para después contestarle con calma.

—No estoy aquí para hacerte daño —repitió—, solo estamos aquí para advertirte del peligro que corres...

—¿Peligro? ¿Por qué motivo crees que estoy en peligro? —dijo, mientras la tranquilidad que había mantenido hasta ese momento se iba transformando en desconfianza.

—Por asuntos relacionados con tu hermano —fue la respuesta del hombre.

Un escalofrío le recorrió el cuerpo, aunque no le impidió hablar con firmeza.

—¿Qué es lo que tiene que ver con mi hermano? ¿Quién eres tú?

—Tranquilízate y escucha —dijo el recién llegado—, es largo de contar. No había otra forma de acercarnos a ti sin despertar sospechas. Fuera de la residencia de Yonkers todos tus movimientos están siendo controlados, incluso te están vigilando con sofisticados medios tecnológicos.

—¿Quiénes me vigilan? ¿Por qué lo hacen?

—Todo tiene que ver con las investigaciones secretas que realizaba tu hermano —empezó a explicar el desconocido—, diferentes servicios de inteligencia y otras..., podría decirse, congregaciones cristianas están sobre tus pasos.

—Antes de que sigas hablando..., ¿quién eres tú y por qué debo creerte? —volvió a preguntar el italiano.

—Tienes razón. Sí soy español y he sido sacerdote, pero he tenido que adoptar la identidad de otra persona para poder acercarme a ti. Mi nombre es Rafael Menéndez y trabajo para una comunidad cristiana.

Ante las muestras de incredulidad de Donato Cavalieri, el hombre comenzó a narrar el motivo que le había llevado hasta allí. El italiano optó por dejarle hablar para poder ir extrayendo sus propias conclusiones.

El que se presentaba ahora como Rafael Menéndez le contó que, desde la muerte de su hermano, Donato y sus padres habían estado siempre discretamente vigilados. El objetivo era llegar a obtener el informe secreto que se presumía oculto en algún lugar y que creían que podía encontrarse en poder de la familia del sacerdote fallecido. Para muchos, en esa serie de documentos se encontraba la verdad de varios secretos que la Iglesia católica había tratado de ocultar a lo largo de muchos años.

—¿Quiénes nos vigilaban? —inquirió el sacerdote a su interlocutor.

—Acabaríamos antes si te dijera quiénes no lo hacían. Los norteamericanos, los rusos, los ingleses, los israelíes e incluso, como ya te he dicho, algunas organizaciones religiosas —respondió el aludido.

—Cuando murió mi hermano yo era un niño. Al poco tiempo ingresé en un convento… ¿Cómo iba a saber algo sobre sus investigaciones?

Quien ahora se llamaba Rafael Menéndez se tomó su tiempo para responder; sabía que lo que le iba a revelar provocaría una enorme conmoción en el sacerdote italiano.

—Mira…, es verdad que cuando murió Camillo tú eras todavía un niño, luego tuviste que marcharte lejos de tu familia para estudiar en el convento. Tu madre estaba muy delicada por la angustia que le produjo la muerte repentina de tu hermano y tu padre la cuidaba día y noche, no había más familia que vosotros tres… Por eso comenzó la coacción…

—¿Qué insinúas? ¿A qué coacción te refieres? —preguntó atropelladamente Donato.

—A la que distintos grupos ejercieron sobre tus padres tratando de obtener los informes sobre varias investigaciones secretas de Camillo. Estaban seguros de que ellos eran los depositarios últimos de esos documentos —aclaró con rudeza el interrogado.

Un dolor agudo en el estómago casi le cortaba la respiración, pero el ansia por conocer todos los detalles era más fuerte.

—¿Coaccionaron a mis padres?—dijo con voz trémula.

—De mil maneras. Revisaron cientos de veces la finca familiar en busca del informe y no lo obtuvieron, allí no estaba. Además, y esto debo decírtelo, te usaron a ti para someterles a mayor presión, pues le dijeron a tu padre que, si revelaba o denunciaba a la policía estas acciones, tomarían represalias contra ti y que de nada le valdría sacarte del convento, ya que estabas siendo vigilado constantemente. Solo mientras él guardara silencio, tú estarías a salvo.

Mientras escuchaba al hombre, Donato recordaba aquel temor de su padre, que nunca había entendido, cada vez que iba a visitarle al convento. Le acosaba con preguntas sobre si alguien desconocido le había ido a ver, le recomendaba que no hablara con ningún extraño que viniera del exterior y le prevenía sobre mil cosas más que el joven jamás había logrado comprender. Ahora todo parecía tener sentido.

—Sacarte del convento no solucionaba nada —agregó el hombre—. Tu madre, postrada en una cama y sin poder pedir ayuda a nadie, era la clave del acoso. ¿Dónde habría podido esconderte y con qué medios contaba para hacerlo? Lógicamente, tu padre decidió guardar silencio para así poder protegerte.

—¿Cómo sabes tú todo esto?

—Cada cosa a su tiempo —fue la respuesta de Menéndez—. Si quieres saber si las personas a las que represento están relacionadas con el acoso y la intimidación a tu familia o con la muerte de tu hermano, te aclaro que nada han tenido que ver. El conocimiento de esos hechos parte de la investigación que hemos estado realizando durante muchos años.

Donato paseaba nervioso por la habitación. Tenía muchas dudas, pero al mismo tiempo ese hombre parecía conocer detalles reales sobre su familia. Decidido, se atrevió a preguntar:

—¿Quiénes sois vosotros y qué pretendéis de mí? ¿Sabéis quién asesinó a mi hermano?

—Yo solo soy el encargado de establecer el contacto inicial. Para encontrar esas respuestas, deberás hablar con personas que están muy por encima de mí y desean hablar contigo —le contestó el hombre.

—¿Por qué has dicho que mi vida corre peligro? —inquirió de nuevo el sacerdote con aparente calma.

—Porque hay muchas personas que consideran que tú eres el depositario del informe de tu hermano y, para obtenerlo, serían capaces de cualquier cosa, incluso de llegar a extremos inimaginables…

—¿Y por qué habría de creer que vosotros no buscáis lo mismo por medios aparentemente menos violentos? —le cortó Donato.

—Porque, efectivamente, sí buscamos el informe, pero para desvelar ciertos secretos que se ocultan en el Vaticano y en Estados Unidos, nunca para hacerte daño a ti o al resto del mundo.

—Y por eso yo debo creer en vosotros… —señaló el joven.

—Mira, no perdamos más tiempo. Hay varias personas que deben hablar contigo. Si quieres llegar a la verdad y saber quiénes asesinaron a tu hermano, tienes que venir conmigo hasta cierto lugar…

—Yo de aquí voy a salir para volver a la residencia de Yonkers. Además, tengo la intención de informar de todo esto a mis superiores —añadió con firmeza el italiano.

Menéndez se levantó de su asiento y, con tono conciliatorio, le dijo:

—Bien, estás en tu derecho, pero si te marchas ahora nunca podrás conocer lo que realmente le ocurrió a tu hermano y tampoco distinguir a los que son amigos de los que son enemigos.

—A los enemigos empiezo a conocerles… Los tengo delante de mí ahora —dijo ya sin temor Donato—. En cuanto a mis amigos, los tengo identificados —concluyó.

La respuesta de Menéndez fue contundente.

—Muchas de las personas que están a tu alrededor y otras que dicen ser amigos no son lo que parecen o dicen ser…

—Exactamente como vosotros, que me traéis con una mentira y me contáis una serie de historias fantásticas que no se sostienen por ningún lado —replicó ahora con cierta ironía Donato.

El presunto Rafael Menéndez dijo en tono conciliador:

—Para poder contactar contigo, hemos arriesgado mucho. No había forma de acercarnos a ti si no era de esta manera —indicó el español—. Como ya te he explicado, te vigilan. Tú decides: vienes conmigo ahora o no podremos volver a establecer contacto nunca más.

—¿Qué puedo aportaros en todo esto?

—La confirmación de ciertas informaciones que aún no están claras. Digamos que realizaríamos un intercambio de datos.

—Yo no tengo los informes de mi hermano, y ni siquiera tengo constancia de si realmente existen.

—Eso lo sabemos. Si los tuvieras, ya habrías hecho algo con ellos para limpiar su honor en relación con la injusta acusación —aseguró Menéndez.

—Vosotros también habéis estado controlando mis pasos —subrayó el joven sacerdote.

—Es verdad, lo llevamos haciendo desde hace mucho tiempo, primero en Roma y ahora aquí. Hemos seguido todos tus pasos, pero no te preocupes, nunca hemos pensado en hacerte daño. De haberlo querido así, podíamos haberlo hecho en cualquier momento, pero esa no es nuestra intención —le tranquilizó el español.

Miles de pensamientos se agolpaban en la cabeza de Donato. ¿Qué hacer? ¿Creer en lo que ese desconocido le decía y seguir su juego? «En definitiva —pensó—, no estoy aquí para realizar ese curso en Langley. Mi verdadera intención es descubrir quién asesinó a mi hermano y restituir su nombre y su honor». Sabía que eso conllevaba asumir ciertos riesgos.

—¿Creerías más en nosotros si te dijera que pertenecemos a los Legionarios de Cristo o al Opus Dei? —preguntó el visitante.

Donato tenía muy claras sus ideas respecto a esos grupos y no vaciló en responder:

—Si me dices que sois parte de uno de esos grupos, ni me acercaré a vosotros.

—Puedes estar tranquilo, no tenemos nada que ver con ellos.

—De todos modos, no. No iré con vosotros. Todo es demasiado confuso e ilógico, no me inspira ninguna confianza la gente que se esconde entre las sombras y no se muestra como realmente es... —le espetó el sacerdote italiano.

—No hay más que hablar, has tomado tu propia decisión —respondió su interlocutor mientras caminaba en dirección al cura italiano—. Habría sido muy conveniente que aceptaras nuestra invitación y nos acompañaras a resolver todo esto..., pero no nos dejas alternativa.

Donato no tuvo tiempo de reaccionar cuando los dos hombres le sujetaron con fuerza por detrás y sintió en su cuerpo el pinchazo de una aguja que le traspasaba la ropa. Intentó una débil defensa, pero rápidamente sintió que las fuerzas le abandonaban; la visión se le nubló y cayó desvanecido.

—Está inconsciente, no perdamos tiempo, saquémosle de aquí —ordenó uno de los hombres.

En ese instante Menéndez preguntó:

—¿No se les habrá ido la mano con la dosis? En tal caso, seré yo quien deba dar explicaciones por vosotros.

—No, el médico dijo que era la cantidad correcta para desvanecerle sin consecuencias. Estará bien —dijo uno de los hombres del grupo.

—Hemos fallado tratando de convencerle, espero que en la sede logren ponerle de nuestro lado... Nunca habría querido tener que emplear este método de pincharle y llevárnoslo a la fuerza —dijo Menéndez como disculpa.

Lo cargaron entre varios y salieron de la habitación. Lo sacaron de la fábrica y lo subieron a un vehículo que tenían preparado para irse del lugar. Menéndez y un ayudante colocaron el cuerpo del joven sacerdote en el asiento posterior. Luego, partieron rápidamente hacia una dirección ya predeterminada.

Llevaban más de media hora de viaje cuando Donato comenzó a dar signos de volver en sí. Abrió los ojos y tardó en darse cuenta de que estaba en el asiento trasero de un automóvil.

Casi sin levantar la cabeza, vio que dos hombres viajaban en la parte delantera del vehículo, el chófer y un acompañante que, en medio de su somnolencia, no podía identificar. La mente del sacerdote italiano trabajaba febrilmente tratando de entender su situación.

—Donato, ya sabemos que estás despierto. Nadie te va a hacer daño —dijo Menéndez desde al asiento delantero.

—Claro, nadie me hará daño; eso ya lo escuché y mira cómo estoy…

—Tranquilo. Era la única forma de que nos acompañaras. Todo esto es por tu bien…

—¿Por mi bien utilizáis la fuerza? Esto es un secuestro en toda regla —contestó Donato.

—Te pido disculpas. Ya te darás cuenta de que no tenemos más intención que ayudarte y conseguir que tú nos ayudes.

—Pero ¿adónde me lleváis? —preguntó con decisión.

—A que puedas conocer toda la verdad de lo que está sucediendo a tu alrededor. Te reitero que nadie te hará ningún daño. Bueno —recapacitó Rafael Menéndez—, al menos nadie volverá a emplear un método tan extremo. Con nosotros estarás seguro.

Una llamada desde Roma

El insistente sonido del teléfono del padre Francesco Tognetto no cesaba en la madrugada de Nueva York. El sacerdote se levantó de la cama y se dirigió a la sala de estar. Descolgó el auricular y descubrió al otro lado la inconfundible voz que siempre escuchaba cuando le llamaban a horas intempestivas.

—Sí, monseñor. Estoy despierto… Le escucho perfectamente… Sí, eminencia. Puede hablar con tranquilidad, es una línea segura…

Desde el otro lado, una voz contundente le reclamaba información sobre Donato Cavalieri.

—Sí, él espera mis noticias sobre el comienzo del curso… No, monseñor, yo no sabía que se había suspendido, solo que se había retrasado el inicio —trataba de explicar Tognetto.

Desde Roma, su interlocutor le confirmaba que en la Santa Sede se había recibido una disculpa oficial de la CIA por la suspensión definitiva del curso de claves y comunicaciones.

—Monseñor, ya sé que tendría que haberme enterado antes que ustedes, pero no entiendo por qué no ha sido así —dijo, tratando de disculparse—. De cualquier manera, esta situación nos favorece...

Después de recibir un par de indicaciones, el desconcertado sacerdote colgó el teléfono.

Tognetto sabía lo que tenía que hacer después de la conversación telefónica. Se dirigió hacia el ordenador para esperar el mensaje cifrado que le enviarían desde Europa.

Siguiendo el procedimiento habitual, una vez recibido, leyó el texto en clave y se dispuso a descifrarlo. El código para los mensajes se cambiaba constantemente. Según el tipo de encabezamiento, se debía utilizar o bien el sistema alfanumérico, o bien el de símbolos para descifrarlo. Lo más extraño era que este mensaje no procedía del servicio de inteligencia y, por lo tanto, sus claves nada tenían que ver con las que normalmente adoptaba la Santa Sede. Tampoco lo había recibido por los canales habituales del Vaticano para este tipo de comunicaciones cifradas. El mensaje procedía de Austria y el servidor de internet estaba alojado en el Reino Unido.

A Tognetto le llevó varios minutos armar aquel rompecabezas. Fue conformando cada palabra y, cuando lo hubo descifrado por completo, eliminó el mensaje.

Las órdenes eran claras: debía dejar sin protección y sin ningún tipo de respaldo logístico a Donato Cavalieri, facilitando así que quienes querían acercarse a él no tuvieran impedimentos para actuar.

Incluso, como coartada, el mismo Tognetto debía aparecer como víctima de un supuesto ataque.

El plan del obispo John Benton comenzaba a gestarse. Tan solo habían pasado por alto un detalle: el padre Donato Cavalieri ya no se encontraba en la residencia de Yonkers.

La Comunidad

> «Vuestras mujeres callen en las congregaciones; porque no les es permitido hablar, sino que estén sujetas, como también la ley lo dice. Y si quieren aprender algo, pregunten en casa a sus maridos; porque es indecoroso que una mujer hable en la congregación».
>
> (Primera epístola del apóstol Pablo a los corintios, 14:34-35)

El automóvil ya había recorrido gran parte del trayecto y se dirigía a una finca ubicada en Kew Gardens, un barrio situado en Queens, cerca del club de tenis de Forest Hill.

Donato, sentado a su lado, trataba de reconstruir aquella insólita situación. El vehículo avanzaba por la avenida Metropolitan y, al llegar a la intersección con la calle Brevoort, giró a la derecha y avanzó más despacio hasta llegar a la calle Abingdon. Allí, ante una típica vivienda norteamericana de dos plantas con grandes ventanales, se detuvo.

—Es aquí —dijo Menéndez con tranquilidad—. Como puedes ver, no hay nada extraño. Te habrás dado cuenta de que no te hemos puesto una venda en los ojos para que no pudieras reconocer el recorrido y la ubicación de este lugar. Debes confiar en nosotros, todo es muy sencillo.

El italiano simuló pasar por alto la explicación y preguntó:

—¿A quién venimos a ver?

—A una persona que te dará las explicaciones que buscas —aclaró el interpelado—. Imagino todo lo que estará pasando en este instante por tu cabeza, pero no se me ocurre qué más hacer para que comprendas que ninguno de nosotros piensa hacerte daño.

—Bien —dijo Donato—. Ya estoy aquí, de nada vale entrar en mayores planteamientos. Entremos...

—Espera, no salgas todavía del vehículo —le interrumpió el otro acompañante—, debemos cumplir con el protocolo de seguridad.

Por un transmisor que llevaba en la mano, se comunicó con alguien de vigilancia apostado en las inmediaciones del lugar, y le preguntó si podían continuar.

—Pueden entrar directamente al garaje —fue la respuesta que recibieron a través del aparato.

—De acuerdo..., avancemos —resolvió el hombre, y con lentitud condujo el automóvil hasta el garaje de la vivienda.

La puerta automática se abrió para permitirles la entrada. Ya en el interior, Menéndez le indicó a su invitado que podían salir del vehículo. Caminaron por un estrecho corredor hasta llegar a una inmensa sala, que no tenía nada en su decoración y mobiliario que no llevara a pensar que se encontraba en el interior de una típica mansión norteamericana: alfombras y sillones de buena calidad, televisor de alta tecnología, y dos mesas y varias sillas de madera noble acordes con la elegante decoración del lugar.

Por otra de las puertas de acceso a la sala apareció una mujer de unos cuarenta años, de rostro demacrado y vestida con ropas sencillas, que contrastaba con el ambiente del lugar.

Donato observó con detenimiento a la recién llegada.

—Buenos días —saludó la mujer, y agregó—: Tomen asiento. La hermana superiora les atenderá enseguida. ¿Desean beber algo? ¿Café, té o agua?

Menéndez miró a Cavalieri esperando la respuesta de su acompañante, pero solo notó en este un leve movimiento de cabeza que dejaba claro que no le apetecía tomar nada.

—Gracias, pero no necesitamos nada por el momento. Esperaremos aquí —indicó Menéndez a la persona que les había recibido.

—Bien —dijo la mujer y abandonó la sala. Mientras esperaban, el italiano intentaba descubrir algunos aspectos sobre la hermana superiora que les atendería. ¿Dónde estaba? ¿Quiénes eran las personas que vivían allí dirigidas por esa mujer?

Desaparecido

Francesco Tognetto llegó a media mañana a la residencia de Yonkers para entrevistarse con el joven cura italiano. Debía comunicarle que el curso en Langley se había suspendido indefinidamente y que, por lo tanto, tenía que regresar a Roma.

Esa era la versión oficial que le daría a Cavalieri, pero sabía que este no iba a salir de Estados Unidos. Tognetto servía secretamente a dos posiciones antagónicas de la Iglesia católica, pero solo a una de ellas le era fiel.

En la sala de recepción, le pidió al encargado de turno que le comunicara al sacerdote italiano que el padre Francesco le estaba esperando en el vestíbulo.

El recepcionista se marchó para cumplir con la petición, pero regresó varios minutos después para informarle de que no había podido encontrar a Donato Cavalieri en la residencia.

Una luz de alarma se encendió en su cabeza. Entonces, le pidió al encargado que le acompañara a la habitación de Cavalieri.

La puerta, cerrada pero sin llave, les permitió a ambos acceder y así pudieron comprobar que la habitación estaba vacía y que no había ni rastro del huésped.

Los nervios se apoderaron de Tognetto.

«¿Dónde podrá estar este estúpido italiano?», se preguntaba a sí mismo en silencio.

Interrogó a todo el personal de la residencia, pero nadie le pudo aportar datos sobre el desaparecido.

Solicitó hablar urgentemente con los empleados de otros turnos y, finalmente, lo hizo con el encargado nocturno. Este le manifestó que Donato le había preguntado por otro huésped, el padre Andrés Cabielles, de Asturias, al que, según dijo Cavalieri, había conocido en esa misma residencia.

—Pero es imposible que le conociera —agregó el encargado—, porque el padre Cabielles se marchó de aquí varios días antes de que él llegara a la residencia.

Tognetto le rogó que le relatara detalladamente los hechos. Después de escucharle con atención, analizó lo sucedido. Algo le hacía intuir que uno o más agentes de vete a saber qué organización se habían infiltrado en el recinto. No había signos de violencia en la habitación, lo que hacía pensar que el sacerdote italiano se había marchado por su propia voluntad llevándose todas sus pertenencias.

Esa situación le hacía enfrentarse a un arma de doble filo: el tener que dar explicaciones al Vaticano de manera oficial y a su jefe secreto, John Benton, el obispo que dirigía desde las sombras aquel grupo de religiosos que conspiraban contra los intereses de la Santa Sede.

Pensó que Cavalieri no era el hombre ingenuo y dócil que aparentaba. Ese error de apreciación le colocaba además en una incómoda situación ante sus superiores en Roma.

Sor Agustina

«Como individuo, la mujer es un ser endeble y defectuoso».

SANTO TOMÁS DE AQUINO

Una mujer, vestida sobriamente, entró decidida en la sala y fue directamente hasta donde se encontraba Donato Cavalieri. Al pasar delante de Rafael Menéndez, le dijo simplemente: «Buen trabajo».

Tenía facciones agradables, era delgada, de unos cuarenta años que no aparentaba. Quien la mirara con atención aseguraría que era una joven hermosa de menos edad.

Inmediatamente, con una gran sonrisa, extendió su mano para estrechar la del sacerdote italiano.

—Padre, soy la hermana Agustina, la superiora de esta Comunidad —dijo a modo de presentación—. No somos un grupo religioso dentro de la Iglesia católica o de cualquier otro centro cristiano, pero creemos en Jesucristo y funcionamos como una orden eclesiástica. Perdone la manera poco ortodoxa de traerle hasta aquí, pero no existía otra forma de comunicarnos con usted sin despertar sospechas. Su teléfono móvil está intervenido y está permanentemente vigilado dondequiera que vaya.

Al teólogo italiano toda esa situación le parecía confusa. Antes de preguntar en detalle sobre su presencia allí y solicitar la información que decían tener sobre su hermano, quería conocer algo más de sus anfitriones para intentar comprender en qué consistía todo aquello.

—¿Qué lugar es este? —preguntó.

—Oficialmente es un centro de investigación y estudios cristianos, pero desarrollamos otras actividades que ya irá conociendo poco a poco.

—¿Es usted monja?

—Lo fui en un pasado remoto. Soy portuguesa y fui durante muchos años carmelita en el convento de Santa Teresa de Coimbra —explicó la interrogada.

—¿Qué estoy haciendo yo aquí? ¿Qué saben ustedes de la muerte de mi hermano? —dijo Donato cortando las presentaciones.

La que ejercía como superiora tampoco quería retrasar por más tiempo las explicaciones.

—Desde hacía muchos años, un equipo de investigadores de nuestra sede en Italia conocía la forma de pensar de su hermano respecto al papel de la mujer en la Iglesia. Eso, unido al trabajo secreto que realizaba, nos llevó a ponernos en contacto con él...

—Del trabajo de mi hermano sé muy poco... —aclaró el sacerdote.

—Le ayudaremos a conocerlo si usted colabora con nosotros.

Donato preguntó directamente:

—¿Qué saben sobre su muerte?

La superiora trató de ser concisa en su respuesta:

—Camillo Cavalieri era una figura incómoda para muchos en Roma. Conocía demasiados secretos que ni siquiera estaban bajo las investigaciones del servicio de espionaje del Vaticano. Él solo rendía cuentas al papa y le asesinaron intentando hacerle hablar sobre algunos de los casos especiales en los que su hermano trabajaba —puntualizó la mujer.

Sentimientos de impotencia y pesar se mezclaban dentro del sacerdote. Con dolor contenido, volvió a preguntar:

—¿Quiénes le mataron?

—Sabemos que intervinieron algunos norteamericanos en el complot; los nombres de los implicados saldrán a la luz tras una investigación que estamos terminando. Por los estudios de su hermano, respecto al cronovisor... ¿Sabe usted a qué me refiero?

—Sí, lo sé.

La exmonja retomó la palabra:

—Todo está relacionado con lo que investigaba su hermano. Sabemos que los estadounidenses construyeron un aparato similar al italiano, obtenido por científicos de relevancia que habían trabajado con Ernetti en el proyecto original y que luego pasaron a colaborar con Estados Unidos —explicó Agustina—. Detrás del informe de su hermano, se encuentran muchas organizaciones internacionales y muchos países implicados: Israel, Reino Unido, Rusia, China y diversos grupos religiosos.

—Todo esto son meras hipótesis. No hay comprobaciones fehacientes de que la máquina de fotografiar el pasado funcione —puntualizó el sacerdote.

La mujer paseó nerviosa por la habitación antes de responder. Después, se detuvo delante de Donato y le dijo:

—Al menos, la máquina construida aquí en Estados Unidos estaría en marcha, con algunas deficiencias técnicas, pero en activo. Aunque debemos reconocer que ha servido de muy poco para comparar los detalles de la historia que se ha publicado en los libros. El informe elaborado por su hermano y los planos originales del aparato italiano resultan fundamentales para corregir los defectos del cronovisor.

—¿Qué pruebas tienen ustedes de que realmente se puede visualizar el pasado?

—Usted puede ser la llave para obtenerlas —respondió la mujer.

El sacerdote perdido

En la secretaría de Franco Moretti, subdirector del servicio de espionaje del Vaticano, se había recibido un comunicado procedente de Estados Unidos: el sacerdote Donato Cavalieri había desaparecido sin dejar rastro.

La información llegó en un mensaje codificado enviado al departamento de Claves y Comunicaciones, cuyo remitente era Francesco Tognetto.

Uno de los ayudantes advirtió a sus colegas de que, lógicamente, esto provocaría el enfado de Moretti.

—En cuanto llegue monseñor, tendremos que informarle de lo ocurrido y soportar su enfado.

—¿Qué puede haber ocurrido? —preguntó otro de los secretarios.

—No lo sé, pero no deja de ser insólito que se nos pierda un sacerdote en Nueva York —respondió el aludido con una sonrisa en el rostro.

Se hizo el silencio en la sala, todos miraron con seriedad y reprobación al sonriente compañero. Este se sintió descolocado y culpable de haber hecho ese comentario fuera de lugar.

La mayoría de los presentes le hicieron notar su enfado.

—Tú hace poco tiempo que trabajas en la secretaría de monseñor Moretti, por eso no conoces la gravedad de la situación. El hermano del joven Cavalieri también desapareció, y días después fue encontrado brutalmente asesinado. Ten cuidado con lo que dices. No sabemos qué hay en el fondo de este asunto.

—Pido disculpas... No lo sabía... —balbuceó el aludido notablemente avergonzado.

Todos siguieron haciendo su trabajo en espera de la llegada del subdirector. Nadie se atrevía a volver a hablar sobre el tema.

Minutos después llegó monseñor Moretti. El más antiguo de sus colaboradores —su hombre de confianza— le comunicó que había llegado una información urgente que debía conocer inmediatamente.

El subdirector le pidió que entrara a su despacho para hablar. Al quedarse solos, el ayudante le comunicó los detalles de la desaparición del sacerdote en Nueva York. Esperaba alguna reacción de su jefe, pero este parecía muy tranquilo después de recibir la noticia.

—Bien, gracias —le dijo—, puedes retirarte, me ocuparé personalmente de este asunto.

El ayudante le dejó solo en el despacho y, en ese momento, una sonrisa de satisfacción se dibujó en el rostro de monseñor Moretti. Él sabía perfectamente dónde se encontraba Donato Cavalieri.

Una guerra silenciosa se estaba desarrollando en la Santa Sede; dos líneas se enfrentaban otra vez, separadas por una línea muy imprecisa que impedía distinguir cuál era la correcta. La primera batalla parecía haberla ganado el subdirector del espionaje del Vaticano.

Newton, mensajes del pasado

La superiora de la Comunidad, acompañada por Donato Cavalieri y el español Rafael Menéndez, entró en una habitación donde una larga escalera de cemento descendía a una zona poco iluminada. De pronto, las luces se encendieron con intensidad y Donato observó cómo se abría una puerta metálica después de que la mujer marcara una clave en un teclado alfanumérico que estaba situado en la pared.

Había un estrecho túnel de paredes de hormigón y, al final del mismo, tres enormes puertas metálicas como la primera. A la derecha, otro teclado alfanumérico donde la superiora volvió a introducir un código que les franqueó el acceso.

Ante sus ojos apareció una espaciosa sala llena de mesas de trabajo donde una veintena de hombres y mujeres se encontraban realizando distintas tareas.

—Las personas que le presentaré pertenecen al área de estudios científicos. Por su propia seguridad, no le informaremos de sus nombres reales. Esta sala es la piedra angular de nuestra Comunidad —explicó Agustina a su invitado—. Aquí estudiamos y analizamos los diferentes enigmas que tenemos interés por resolver.

—¿Relacionados con qué? —quiso saber el padre Cavalieri.

La superiora eludió la pregunta y se apresuró a acercarse a una mujer que trabajaba en una mesa sobre la que se encontraban los que parecían ser unos documentos antiguos.

—Quiero que conozca a esta científica, la doctora Ele —dijo, iniciando las presentaciones.

La investigadora era menuda, de cabellos rubios y delicadas facciones. Extendió la mano para estrechar la del recién llegado. Después, Agustina se volvió hacia el visitante:

—La doctora, junto a un grupo de colaboradores, está analizando ciertos manuscritos antiguos y cotejándolos con otros.

—Acompáñenme —les invitó la científica.

En la mesa, debidamente protegidos y resguardados con cubiertas plásticas especiales libres de ácidos, varios manuscritos eran objeto de estudio.

—En este momento, hemos finalizado la recuperación de un material que nos han enviado —señaló la doctora—, y ahora lo estamos analizando.

—¿Sobre qué tema? —inquirió el sacerdote.

La doctora Ele dirigió la mirada hacia la superiora, en espera de su autorización para poder responder a la petición del joven. Entonces, la hermana Agustina hizo un leve gesto de asentimiento.

—Son escritos originales y fotografías de manuscritos de Isaac Newton —respondió.

—¿Los que se exhiben en la Universidad de Jerusalén, que tratan sobre la posibilidad de que el fin del mundo se produzca en 2060? —le preguntó Cavalieri.

—No. Son otros documentos inéditos de Newton —respondió con firmeza la doctora.

—¿Descubiertos recientemente?

—Se podría decir que sí. Además, son la confirmación de la teoría de su autor sobre la interpretación que hace del Libro de Daniel, que sostiene la hipótesis de que los días que describe este profeta son en realidad años y, por tanto, tendría sentido la suma del tiempo que se expresa para el cumplimiento de las profecías —explicó la doctora Ele.

—Eso ya lo afirmaba Newton en los manuscritos que se encuentran en Israel —intervino Menéndez, que hasta ese momento había permanecido en silencio.

—Sí, pero ahora tenemos otro material de mayor relevancia que debemos analizar. Por eso, solo he dicho que confirmarían algunas teorías de Newton sobre las profecías incluidas en el Libro de Daniel. En esto, debemos mostrarnos muy cautos —aclaró la investigadora—. Además, también debemos aplicarlo a la cuestión de las setenta semanas que vaticina Daniel y a los «tres tiempos y medio» de apostasía.

»En la interpretación de las profecías relacionadas con el tiempo, Newton sostenía que "los días de Daniel son años". Él aplicó este principio a las setenta semanas, asegurando que el "día profético" es "un año solar" y que un "tiempo" en este vaticinio es equivalente también a un año solar.

»"Y los tiempos y las leyes fueron desde entonces dados en su mano por un tiempo y el medio de un tiempo, dos tiempos o tres tiempos y medio; es decir, por 1.260 años solares, considerando un tiempo como un año calendario de 360 días, y un día por un año solar".

»En las Sagradas Escrituras, se habla de la forma de contar el tiempo, los días y los años de manera diferente a la que estamos acostumbrados —indicó la científica.

A continuación levantó una carpeta, buscó una hoja determinada y le explicó antes de leer:

—El lenguaje profético del Libro de Daniel y el Libro de la Revelación, aun cuando están escritos en diferentes idiomas (arameo y griego), coincide en expresar tres «tiempos» y medio de esta manera:

> Y hablará hasta palabras contra el Altísimo, y hostigará continuamente a los santos mismos del Supremo. Y tendrá intención de cambiar tiempos y ley, y ellos serán dados en su mano por *un tiempo, y tiempos y la mitad de un tiempo* (Daniel 7:25).

> Y empecé a oír al hombre que estaba vestido de lino, quien estaba encima sobre las aguas de la corriente, mientras él

procedió a levantar la [mano] derecha y la [mano] izquierda a los cielos y a jurar por Aquel que está vivo para tiempo indefinido: «Será por *un tiempo señalado, tiempos señalados y medio.* Y tan pronto como haya habido un fin de hacer añicos el poder del pueblo santo, todas estas cosas llegarán a su fin» (Daniel 12:7).

Pero las dos alas de la gran águila le fueron dadas a la mujer, para que volara al desierto, a su lugar; allí es donde es alimentada por *un tiempo y tiempos y medio tiempo,* lejos de la cara de la serpiente (Revelación 12:14).

—Algunos analistas han cuestionado la manera de contar el tiempo de Newton —puntualizó Rafael Menéndez.

—Es verdad, pero eso no quiere decir que estén en lo cierto —intervino la doctora Ele—. Otros lo han calculado de la misma forma en que Newton lo hizo, incluidas las Sagradas Escrituras, en varios pasajes y con distintas apreciaciones.

—¿Sobre eso están investigando ustedes? —intervino el sacerdote.

—En buena parte, sí —respondió la científica—, pero lo que estamos desarrollando es más extenso. Nos encontramos, mediante programas experimentales, introduciendo información en el cerebro de un equipo, digámoslo de una forma entendible, en una supercomputadora con tecnología avanzada que nos proporciona datos puntuales de algunos acontecimientos relevantes de la Historia, horas y fechas concretas del instante en que ocurrieron. Eso nos sirve para fijar, casi sin margen de error, un punto de referencia que nos permite «entrar» en el tiempo y en el momento exacto que queremos visualizar —explicó la doctora Ele.

—Todo eso es discutible y muy poco creíble —enfatizó Cavalieri.

—Perdone, padre, pero ya casi nada parece ser lo que en verdad es —dijo la científica.

—¿A qué se refiere? —inquirió el sacerdote.

—A que algunos avances científicos puestos en duda actualmente han sido constatados como evidencias hasta hace poco tiempo y han marcado los estudios y las creencias de muchos. Ahí tiene la teoría de la relatividad de Einstein como ejemplo. La Organización Europea para la Investigación Nuclear ha realizado recientemente un estudio, el experimento Ópera, según el cual unas partículas subatómicas llamadas neutrinos habrían alcanzado una velocidad ligeramente mayor a la de la luz. Aunque todo eso no fue más que un imperdonable error que sirvió para que muchos trataran de desprestigiar a Einstein.

—Me gustaría que me hablara de Newton —solicitó Cavalieri.

La mujer ni siquiera cuestionó su petición, estaba encantada de poder hablar con alguien de fuera de aquella organización en la que llevaba demasiado tiempo encerrada.

—La relatividad de Einstein no invalidó la física de Newton en cuanto a las velocidades humanas —declaró la científica, y comenzó a explicárselo.

Escándalo en Roma

El obispo John Benton tenía en su despacho los periódicos del día; todo parecía estar produciéndose de acuerdo con sus planes. Los medios de comunicación se habían hecho eco del escándalo. El presidente del Instituto para las Obras de Religión (IOR), más conocido como banco vaticano, y otro alto funcionario habían comenzado a ser investigados por dos magistrados romanos por blanqueo de dinero por parte de la entidad financiera.

Supuestamente, la investigación de ambos individuos intentaba demostrar el incumplimiento de una disposición de la legislación italiana contra el blanqueo de capitales, publicada en el año 2007, que obligaba a mencionar el agente, propósito y naturaleza de cualquier transacción financiera realizada. La policía financiera había bloqueado en el IOR, como medida preventiva, veintitrés millones de euros depositados en la cuenta de otro banco.

El periódico italiano *La Repubblica* informaba de que este banco estaba siendo investigado por estar involucrado en operaciones de blanqueo de dinero y que la fiscalía de Roma había abierto una investigación al efecto.

Según *La Repubblica*, el tribunal habría descubierto que el mencionado banco gestionaba las cuentas de empresas e instituciones italianas sin propietario conocido, identificadas tan solo con el acrónimo IOR. A una de estas cuentas, descubierta en 2004, «se habrían traspasado aproximadamente 180 millones de euros en dos años», publicaba el citado diario.

«La hipótesis de los investigadores es que sujetos con domicilio fiscal en Italia utilizaban el IOR como una tapadera para ocultar delitos de fraude o evasión de impuestos», indicaba el periódico.

Dado que el Instituto para las Obras de Religión es una institución que gestiona las cuentas de las órdenes religiosas y asociaciones católicas, y está radicado en el Estado papal, su estructura goza de extraterritorialidad y, por lo tanto, no se rige por las normas aplicables al resto de instituciones financieras en Italia.

El banco vaticano estuvo implicado por última vez en un gran escándalo financiero en 1982, cuando estuvo relacionado con la quiebra fraudulenta del Banco Ambrosiano, en aquel entonces el mayor banco privado de Italia.

Todo esto llegaba en el momento oportuno. Ahora el obispo Benton y su Orden tendrían más argumentos para atacar a poderosas autoridades y, principalmente, a varios banqueros vinculados al Opus Dei, cuestionados desde hacía tiempo.

Lo inconcebible para Benton era el respaldo que Benedicto XVI le había otorgado, a través de un comunicado oficial, al presidente de la institución bancaria, e incluso que le hubiera recibido en audiencia privada.

Fuentes del Vaticano habían informado de que el respaldo del papa había sido fundamental, porque, presuntamente, si el jefe de la Iglesia católica hubiera tenido la más mínima duda sobre el comportamiento del presidente del IOR, no le habría recibido en audiencia.

El obispo pensaba que este escándalo resultaba muy favorable para la consecución de sus planes; significaba una prueba que minaba la credibilidad de algunos miembros de la Iglesia, enemigos de la Orden que él integraba. Además se hablaba de posibles aperturas modernistas del papa y eso había que impedirlo de cualquier manera.

La entrada de su ayudante le sacó momentáneamente de sus pensamientos.

—Señor, ha llegado el cardenal Jameson.

—Hágale pasar inmediatamente —ordenó Benton.

El cardenal Thomas Jameson era norteamericano como el obispo; pero, por su edad, ya estaba próximo a su jubilación, aunque no cejaba en su empeño de seguir interviniendo en los asuntos de la Santa Sede. En 2002 había intentado sabotear un encuentro de cardenales estadounidenses que se habían reunido con el papa Juan Pablo II para solicitarle su autorización para celebrar un debate abierto sobre el celibato y la ordenación sacerdotal de mujeres dentro de la Iglesia. También le habían pedido enérgicamente que se adoptaran medidas contundentes sobre las sanciones que se debían imponer a los sacerdotes pederastas.

La crisis abierta en la Iglesia de Estados Unidos, en la que desde principios de 2002 se llevaban recibidas cuatrocientas cincuenta denuncias de abusos sexuales a menores, había provocado la expulsión de sesenta y dos sacerdotes pertenecientes a diecisiete diócesis episcopales diferentes, a los que, en la mayoría de los casos y para estupor de muchos, tan solo se les había trasladado de diócesis, permitiéndoles seguir ejerciendo el sacerdocio.

La orden secreta que actuaba en el Vaticano movió rápidamente sus piezas en 2002 para salvar al cardenal Bernard Law, quien tuvo que renunciar como arzobispo de Boston cuando se comprobó que había encubierto a unos 250 curas pederastas involucrados en unos cinco mil casos de abusos sexuales a niños, entre 1984 y 2002. Jameson y Benton lograron sacarlo de Estados Unidos en el momento en que iba a recibir la citación judicial para responder ante los tribunales estadounidenses de sus actos y consiguieron que se le nombrara arcipreste de la basílica de Santa María la Mayor en Roma.

En cuanto al otro tema en cuestión, la doctrina del celibato había sido defendida con especial entusiasmo por Juan Pablo II, quien, en una audiencia concedida a obispos nigerianos dos días antes de reunirse con los americanos, manifestó que el celibato debía ser «un regalo completo a Dios y a la Iglesia» y que su importancia tenía que ser «atentamente salvaguardada». El cardenal Jameson y los integrantes del grupo al que pertenecía junto al obispo Benton estaban de acuerdo en no remover las estructuras de la Iglesia, y eran partidarios de silenciar los numerosos casos de pederastia. «Son todas infamias preparadas por los partidarios de Satanás para destruir a la Iglesia católica», sostenían los miembros de la secta. «Lo que se ha hecho con el cardenal Bernard Law ha sido una infamia», aseguraban.

Benton le saludó con absurdo servilismo, ofreciéndole el mejor sillón de la estancia, para ponerle al tanto de las novedades. El cardenal permaneció de pie.

Después de escuchar los informes, el cardenal hizo la pregunta más temida por el obispo, para la cual aún no tenía respuesta:

—¿Dónde está Donato Cavalieri?

—Estamos investigando. En pocas horas lo sabremos —respondió.

—¿Han hablado con nuestros amigos de Langley para ver si ellos saben algo? —dijo refiriéndose a la central de inteligencia norteamericana.

—Ellos también le han perdido el rastro, pero nos aseguran que pronto le localizarán —expresó Benton e invitó nuevamente a Jameson a tomar asiento.

El cardenal Jameson rechazó el ofrecimiento de su interlocutor de sentarse, paseó nerviosamente por la habitación y le recriminó con enfado:

—Benton, no estamos muy de acuerdo con esa forma suya tan particular de llevar este asunto.

—¿A qué se refiere? —preguntó el obispo, sabiendo de antemano la respuesta.

—Todo esto habría sido innecesario si usted hubiera conseguido que Donato Cavalieri ingresara en nuestra Orden...

—Señor —se atrevió a interrumpir—, lo que ocurrió con su hermano y nuestra participación en ese hecho hace imposible que le tengamos de nuestro lado. Además, sus ideas son diametralmente opuestas a lo que nosotros propugnamos: él defiende una renovación total de la Iglesia.

—Ese es exactamente su defecto —rugió el cardenal—: pensar por cuenta propia y no en función de nuestra Orden —le recordó Jameson—. Usted se opuso desde el primer momento, sembrando la duda entre la mayoría de los miembros del grupo. Solo bastaba decirle a Cavalieri que en nuestra Orden encontraría apoyo a sus demandas de cambio. Así, nunca habría llegado a tener contacto con instancias superiores, solo habría tenido acceso a nosotros dos y jamás le habríamos confesado nuestras verdaderas intenciones.

—Disculpe, su eminencia. Tener a Cavalieri de nuestro lado podría, en un principio, haber sido beneficioso para nosotros, pero si un día, por cualquier motivo, hubiera llegado a conocer lo que realmente ocurrió con su hermano, su reacción habría sido del todo imprevisible...

—¡Basta! De ese tema no está autorizado a hablar —gritó exasperado el cardenal.

—Lo sé, se trataba solo de un comentario entre usted y yo, nada más —se defendió el obispo.

—Es usted un inepto. Lo que hubiera podido ocurrir después no es de su incumbencia. Lo importante habría sido captarlo, ganarnos su confianza y, con el tiempo, él mismo nos habría entregado los documentos elaborados por su hermano. Teníamos todo dispuesto, pero usted desbarató el plan —le acusó abiertamente el cardenal Jameson—. Si, después, hubiéramos necesitado tomar medidas extremas con Cavalieri, las habríamos tomado. Lo fundamental era obtener el informe del hermano.

Benton reconocía interiormente que lo que decía el cardenal era cierto, pero no habría consentido nunca mantener a su lado al hermano del sacerdote al que secuestró, humilló y torturó violentamente para arrancarle los secretos del Vaticano.

Las monjas rebeldes

«Si quien atentase conferir el orden sagrado a una mujer o la mujer que atentase recibir el orden sagrado fuese un fiel cristiano sujeto al Código de Cánones de las Iglesias Orientales, sin perjuicio de lo que se prescribe en el can. 1443 de dicho Código, sea castigado con la excomunión mayor, cuya remisión se reserva también a la Sede Apostólica (cfr. can. 1423, Código de Cánones de las Iglesias Orientales)».

Decreto del Vaticano a través de la Congregación para la Doctrina de la Fe, relativo al delito de ordenación sagrada de una mujer, 19 de diciembre de 2007

La hermana Agustina mantuvo una larga conversación privada con Donato Cavalieri. Almorzaron los dos solos en el amplio comedor de la finca que servía de sede a la Comunidad.

—¿Por qué abandonó los hábitos? —preguntó imprevistamente Donato.

La exmonja no dudó al responder.

— Empecé a cuestionarme muchas cosas y tomé la decisión de renunciar a mi condición de monja para sentirme más cerca del Señor.

—¿Cómo se explica ese sentimiento?

—Yo abandoné los hábitos cuando comprendí que, mientras no cambie la mentalidad de quienes rigen los destinos de la Iglesia católica, la mujer nunca tendrá un sitio en ella…

Donato comprendía ahora perfectamente lo que la hermana Agustina le quería decir. Él era un convencido de que el fortalecimiento de la presencia femenina en la Iglesia católica, con una mayor participación de la mujer tanto en las decisiones de alto nivel como en los ritos, era la clave para revitalizar la fe de los creyentes, tan debilitada en esos momentos, pero no quiso manifestarlo, guardó silencio y escuchó con atención.

La mujer continuó hablando.

—La crisis de fe y la pérdida de vocaciones sacerdotales entre los hombres está dañando peligrosamente a la Iglesia católica en todo el mundo. Mientras, las mujeres son las únicas que mantienen viva y sustentan la fe, las auténticas creyentes. Somos nosotras quienes vamos a los templos y somos mayoría en los actos litúrgicos. Entonces, ¿por qué no puede una monja celebrar una misa o confesar a los fieles?

Donato, que estaba sorprendido por el cariz que estaban tomando los acontecimientos, se empezó a sentir más cómodo, dejó a un lado todos sus temores y se atrevió a opinar.

—Creo con sinceridad que tiene toda la razón. A la Iglesia católica le asustan las mujeres, por eso nunca se les ha dado un papel relevante dentro de ella —dijo el joven sacerdote—. Jesucristo respetaba a las mujeres, las enalteció y las ensalzó, pero después vinieron otros, muchos otros que hicieron lo posible para humillarlas y ofenderlas. Esta absurda situación ha cambiado muy poco a lo largo de la historia y, curiosamente, en nuestros días, todo sigue igual.

Sor Agustina le miraba fijamente, sin dar crédito a lo que escuchaba en boca de aquel joven sacerdote, y le gustaba lo que oía.

—No crea que mantengo una posición feminista. ¿Me entiende, padre? En las Sagradas Escrituras, no se hace justicia con la mujer, se la desprecia y subestima, relegándola a una condición inferior al hombre. Por el contrario, Jesucristo en su comportamiento y trato con las mujeres fue sumamente respetuoso, desprendiendo deferencia y consideración, no como muchos de sus seguidores. De hecho, Jesucristo jamás discriminó a las mujeres por su condición. En la Biblia, encontramos auténticos paradigmas de sus acciones. Por ejemplo, es a una mujer, María Magdalena, a la que Dios elige para comunicar a los apóstoles el misterio de su resurrección.

»Debemos recordar, padre Donato, la valiente actuación de las mujeres de Galilea que creían en Jesús. Ellas, incluida su madre, a diferencia de los apóstoles, no se escondieron ni se ocultaron durante el tiempo del proceso y posterior crucifixión, en ningún momento renegaron de él, como lo hiciera Pedro, y hasta después del trágico final todas ellas estuvieron a su lado, al pie de la cruz.

»Sin embargo, en el pasado, muchos hombres consideraban que la mujer era un ser sin alma, hasta que por fin —ironizó Agustina—, en el Concilio de Trento, la Iglesia católica tuvo a bien decidir tras una apretada votación, por un solo voto, que las mujeres tenían alma. Esto sí que resultaba paradójico: hasta aquel momento histórico, las mujeres, como madres, engendraban hijos varones, dotados de alma, en sus vientres, pero ellas no la poseían.

»Hoy, la Iglesia católica sigue negando a la mujer la posibilidad de intervenir en las más altas decisiones, restringidas exclusivamente a los hombres. El mundo, en todos los demás casos, ha seguido su evolución natural: hoy existen presidentas, primeras ministras, senadoras... en la mayoría de los países desarrollados, pero el acceso a obispos, cardenales, sacerdotes en nuestra Iglesia está vetado a las mujeres, no digamos ya si hablamos del papa. Pero justo es decir que no debemos acusar solo al catolicismo, existen otras religiones que tampoco han evolucionado mucho más respecto al trato denigrante que contemplan respecto a la mujer.

Donato escuchó las razones de la antigua servidora de Dios para después preguntar:

—¿Cuál es su verdadera misión aquí?

—Somos una comunidad alternativa que lucha en distintos frentes intentando cambiar las arcaicas estructuras del Vaticano —explicó Agustina—. Durante muchos años, hemos estado trabajando en la investigación de hechos concretos. Además, usted debe saber que yo no soy la fundadora, solo la responsable de una Comunidad compuesta tanto de mujeres como de hombres sin ningún tipo de discriminación religiosa. Aquí se encuentran también seguidores de distintas religiones, incluso políticos y profesionales de diversa ideología.

Donato ya había conseguido hacerse una idea de la situación. Le interesaba mucho lo que la hermana Agustina le contaba, pero le urgía conocer los detalles de aquello que le había llevado hasta allí, así que se dispuso a reconducir el tema de la conversación, cuando, de forma imprevista, la exmonja dijo sin rodeos:

—Yo he sido una de las iniciadoras de la Conferencia de Liderazgo de Mujeres Religiosas aquí, en Estados Unidos.

Donato sabía perfectamente a qué se refería la exmonja y conocía las acusaciones que, desde el Vaticano, se dirigían hacia esa asociación de mujeres religiosas. Entre otras cosas, se las culpaba de una defensa del feminismo ultrarradical, de buscar protagonismo, de gravísimas faltas de heterodoxia y de trabajar excesivamente en favor de los pobres.

Pero lo que más molestaba a la Santa Sede era la actitud desafiante de esas religiosas en el tema de la pedofilia ejercida por miembros del clero. Las monjas decididamente se pronunciaron a favor de las víctimas e incluso, ante varios hechos, llegaron a denunciar a los sacerdotes que abusaron de niños, lo que contrastaba con el silencio de sus superiores eclesiásticos.

—Se nos acusaba de todo, cuando solo queríamos ocupar espacios dentro de la jerarquía eclesiástica, pero nos temían y siguen teniendo miedo a una Comunidad que simplemente quiere que se diga la verdad —explicó Agustina—. ¿Sabe usted que el ochenta por ciento de las monjas que hay en Estados Unidos pertenecen a la Conferencia de Liderazgo de Mujeres Religiosas?

—Lo sé —respondió el sacerdote.

—Les molesta que la mayoría de los fieles y la sociedad en general nos apoyen, eso les desestabiliza —agregó la mujer.

—Por eso abandonó la Iglesia —aseveró Donato.

—Eso explica solo una parte de mi decisión, pero ya hablaremos con más detenimiento en otra oportunidad. Simplemente creo que, estando fuera de la Iglesia, puedo hacer más por ella que desde dentro, al no estar sujeta a cumplir órdenes arbitrarias.

Donato no hizo ningún comentario, su confusión iba en aumento en relación con las acciones de la Iglesia de la cual formaba parte, pues mucho de lo que exponía su interlocutora coincidía con lo que él pensaba.

Al terminar la prolongada charla, tuvo la sensación de que se conocían desde hacía mucho tiempo, a pesar de que ese era solo su segundo encuentro. Admiró en silencio la serena belleza de la exmonja, algo que nunca antes le había ocurrido con ninguna mujer.

Newton lo sabía

Agustina dispuso el traslado del sacerdote italiano a otro centro de investigación científica. La orden era tajante al respecto: durante el trayecto se deberían silenciar los sistemas de comunicaciones para evitar posibles escuchas que pudieran delatar la presencia de Donato Cavalieri.

El teólogo iría dentro de un automóvil junto a ella y, detrás, en otro vehículo, les acompañaría el personal de seguridad.

El sacerdote se metió en el automóvil en el interior del garaje de la residencia y la marcha se inició al amparo de la oscuridad de la noche. Durante más de una hora, recorrieron un trayecto que, por razones de estricta seguridad, no le fue comunicado.

Un lugar desierto con profusa arboleda fue lo poco que Cavalieri pudo percibir en medio de las sombras al llegar a una nave industrial. Allí, ya dentro de la misma, descendieron del automóvil y se dirigieron a una siniestra estancia.

Por lo que pudo observar, parecía un depósito de maquinaria agrícola. Escondida detrás de unos armarios metálicos había una puerta que, al abrirse, daba a un pasillo que terminaba delante de un ascensor de grandes dimensiones. Allí entraron la superiora sor Agustina, Rafael Menéndez y Donato Cavalieri.

Automáticamente, las puertas se cerraron y comenzó un movimiento lento que al sacerdote le pareció interminable. Perdió la noción de cuántos metros bajo tierra habían descendido.

Por fin, el ascensor se detuvo y salieron a un enorme espacio donde otro reducido grupo de personas también trabajaba con ordenadores de alta tecnología.

—Aquí profundizamos en otras investigaciones más avanzadas —comentó Agustina—. Estudios sobre el pasado, que nos permitirán, principalmente, vaticinar lo que ocurrirá en el futuro.

—¿Cómo lo hacen? —preguntó intrigado Cavalieri.

—Para predecir lo que puede ocurrir en el futuro, la única ciencia que lo podría resolver es la que utiliza fórmulas matemáticas y leyes físicas. Esas que, partiendo de determinadas condiciones de conocimiento del tipo de fuerzas que actúan, pueden vaticinar dónde se encontrará el planeta en el futuro.

El sacerdote italiano escuchaba las explicaciones de la mujer sin dejar de prestar atención a nada de lo que sucedía a su alrededor. La actividad era febril. A continuación, preguntó:

—¿Qué tipo de investigaciones se realizan aquí?

—No se adelante, quiero presentarle a otro de nuestros científicos, el profesor Eugene Geiser, un notable catedrático alemán. Él se lo explicará.

—Está en su despacho —intervino Rafael Menéndez—. Acompáñenos.

Los tres se dirigieron hasta un alejado despacho cerrado por una puerta de cristal. A través de ella, Donato observó a un hombre de blancos cabellos revueltos, de unos setenta años, complexión delgada y considerable altura, que estaba trabajando en lo que parecía ser una fórmula matemática escrita en una pizarra colgada de la pared.

No le quisieron interrumpir. Esperaron unos minutos hasta que el profesor volvió hacia su mesa de trabajo y se percató de su presencia. Con un gesto, les indicó que entraran.

Agustina hizo las presentaciones y en ningún momento el científico le quitó ojo al invitado.

Un informe, dos posturas divergentes

Nuevamente en el despacho de Via dei Corridori, en Roma, el obispo Benton y el cardenal Jameson celebraban otra de sus reuniones.

—Es imposible calificar la ineficiencia de nuestro personal en Estados Unidos —denunció el obispo.

—Debe viajar inmediatamente para intentar corregir los errores y poner todo en su lugar —ordenó el cardenal, que, en su radical forma de pensar, mezclaba los hechos y las prioridades—. No permitiremos los cambios que pretenden los enviados de Satanás… ¡Monjas celebrando la santa misa y sacerdotes casados fornicando con sus mujeres! ¡Toda una aberración! —sentenció.

—Tranquilícese, eminencia. Hoy mismo saldré para Nueva York. No puedo creer que nadie sepa dónde está Donato Cavalieri, y aún más inexplicable es que nuestros amigos de Langley también desconozcan su paradero. Ellos eran los encargados de su seguimiento y, por lo tanto, los responsables de su pérdida —puntualizó John Benton.

El anciano cardenal se levantó de su asiento y se acercó a la ventana. Mientras miraba hacia la calle, comentó:

—Me preocupa que pueda conseguir el informe de su hermano estando en el exterior. Por nuestras investigaciones, esos documentos no se encuentran en Italia. Por lo tanto, él nunca ha podido tener acceso a ellos.

—Sin duda así es —confirmó el obispo norteamericano.

—Usted debe encontrarle, y no me interesa saber qué medios tiene que emplear para hacerlo.

—Eminencia, usted sabe que cumpliré fielmente sus órdenes —aseguró Benton.

—Tiene mi autorización para emplear todos los métodos que estime convenientes. Muchas personas de nuestra Orden que están por encima de nosotros están cuestionando nuestra capacidad debido a este error. Tenemos que subsanarlo... Me entiende, ¿verdad?

—Sí, eminencia. Le comprendo perfectamente —respondió con temor.

—Pues, entonces, haga lo que tenga que hacer —ordenó el cardenal—. Debemos conseguir ese informe para poder trabajar mejor con los norteamericanos y obtener de ellos más ayuda financiera para nuestra Orden.

Cerca de allí, Franco Moretti acababa de llegar a su despacho desde el hospital donde habían ingresado en grave estado de salud al anciano sacerdote Giacomo Varelli, el tutor y guía de Donato.

Había ido hasta allí por petición expresa de Varelli, quien con sus últimas fuerzas le explicó todo lo referente al dosier secreto depositado en un cofre de seguridad de una institución suiza.

El cura enfermo confiaba en Moretti, sabía que más allá de su cargo secreto en el Vaticano era un hombre honesto y que luchaba a diario con su conciencia por tener que callar mucho de lo que acontecía a su alrededor.

Le explicó cómo debía hacerse para que el legado de Camillo Cavalieri llegara a manos de su hermano.

Franco Moretti sabía ahora dónde se ocultaba el informe secreto que muchos buscaban y no dudó en asegurarle a Varelli en su lecho de muerte que ayudaría a Donato; de hecho ya lo estaba haciendo.

Pensó que esa sería la forma de rehabilitarse ante sí mismo. Si en el Vaticano se enteraran le ordenarían que lo destruyera y él, por supuesto, no estaba dispuesto a hacerlo. Demasiado dolor le había ocasionado ya a la familia de Cavalieri cuando, para no estropear la relación con los servicios de inteligencia de Estados Unidos, había tenido que silenciar la investigación sobre el asesinato del sacerdote, convirtiéndose así en cómplice de una tremenda infamia y permitiendo que todos creyeran que el sacerdote muerto llevaba una vida licenciosa, cargada de excesos sexuales. En todo este tiempo, no había podido perdonárselo a sí mismo, y sabía que había llegado la hora de la redención.

Una de las cláusulas del testamento era que un dosier debía ser entregado al cumplirse un tiempo estipulado y después de observar ciertas medidas de seguridad que estaban en conocimiento solo de Varelli. Ahora las claves para obtener el dosier estaban en poder del segundo hombre en importancia dentro del espionaje de la Santa Sede.

El mandatario le había indicado a un notario suizo que, si no se podían aportar las contraseñas correctas para retirarlo del cofre de seguridad, la carpeta con los documentos debía ser incinerada sin abrir.

Moretti lo valoró, la otra persona designada en el testamento, el amigo de los Cavalieri, el sacerdote Giacomo Varelli, se encontraba ingresado en estado terminal en un hospital, por lo que tan solo quedaba él para cumplir el mandato y, por supuesto, lo haría.

Proyecto «La mano del matemático»

En el despacho de Eugene Geiser, estaban frente a frente el sacerdote y el científico. La superiora de la Comunidad y Menéndez prefirieron dejarles solos para que pudieran conversar.

—Creí entender que pueden predecir el futuro —arguyó impaciente Donato.

—No, en realidad todo esto llega más lejos —dijo con toda tranquilidad el profesor.

—¿Cómo...? —Donato se dio cuenta de que debía dejar terminar al investigador. Sus prisas no iban a llevarle a ningún sitio.

—En realidad, va más allá —prosiguió Eugene Geiser—. Podemos intentar ver el pasado.

El sacerdote guardó silencio por si el profesor tenía algo más que añadir, pero se dio cuenta de que esta vez no continuaría.

—Pero ¿se puede vaticinar el pasado? Quiero decir, el pasado no se puede predecir, solo se puede contar —puntualizó el sacerdote.

—Deje que le cuente una historia. ¿Le parece? —le pidió el profesor con amabilidad.

Donato asintió y apoyó la espalda en el sillón para hacer entender a su interlocutor que disponía de todo el tiempo que necesitara.

—Hace cuatrocientos cincuenta años aproximadamente, un hombre miraba al cielo —empezó a explicar el viejo catedrático alemán—. No había telescopios, así que no podemos decir que observaba los planetas, observaba el cielo como usted lo habrá hecho en las noches de verano. Bueno, en realidad, miraba al cielo con una actitud distinta. Si nosotros miramos al cielo habitualmente con actitud ensoñadora, él lo hacía como lo haría un notario, como un auditor de cielos. Ese hombre era Tycho Brahe*.

»Analizaba y tomaba notas sobre dónde se encontraban los planetas en ese momento; mirar y anotar, arriba y abajo, así durante muchos años. Cuando murió, entre sus pertenencias había cuadernos y cuadernos de anotaciones que nadie podía comprender.

»Su obsesión era poder vaticinar dónde estaría la luz en un instante concreto en el cielo. Como en un juego de adivinanzas, intentaba descubrir qué figura sería la siguiente en salir, o dónde se encontraría la pelota al final de un lanzamiento.

»El cielo es, para quienes lo miran sin haberlo observado, como la bóveda de una catedral, es algo estáti-

* Tycho Brahe (1546-1601), astrónomo danés considerado el más grande observador del cielo en el periodo anterior a la invención del telescopio.

co que está y estará siempre ahí. Para Brahe, por el contrario, se trataba de una enorme estructura en tensión, con movimientos y fuerzas que lo sostenían. A veces imagino a Brahe pensando en el cielo como en el techo de un pabellón deportivo un momento antes de venirse abajo, una tensión enorme que no puede fallar, ya que, si un elemento no cumple su función, el peligro de desmoronarse será inminente.

—¿Quiere decir que Brahe miraba al cielo no solo para medir, sino para asegurarse de que todo seguía en su sitio, de que nada fallaría? ¿Quiere decir que imagina a Tycho Brahe tremendamente asustado? —preguntó Donato incapaz de no interrumpir.

— Sí, podría decirse así.

—Realmente puede considerarse un sentimiento terrible —asintió el sacerdote.

—No, eso no es lo terrible —corrigió Geiser—. La historia continúa. Tycho Brahe llegó a saber, de algún modo, que sus mediciones eran exactas, pero inútiles. Entonces, hizo ir a un joven científico que destacaba por sus habilidades en las matemáticas. Se llamaba Johannes Kepler*. A su muerte, Brahe le legaría todas sus mediciones.

»Pero este fue peor observador de los planetas que su mentor. Se esforzó por encontrar una ley para el movimiento de los planetas, especialmente de Marte, del que Brahe tenía cientos de observaciones.

* Johannes Kepler (1571-1630), célebre astrónomo alemán, estudió las observaciones del planeta Marte hechas por Tycho Brahe, y llegó a deducir la forma de su órbita.

»Kepler descubrió finalmente tres leyes que explican cómo se mueven los planetas. Lo enunció mediante tres ideas que le permitieron vaticinar dónde estaría un planeta en cada momento. Digamos que la astronomía y la física ya no necesitaban el espacio abierto del patio o del campo, podían predecir desde el escritorio dónde estaría cada cuerpo en el cielo, o mejor dicho, en el espacio, porque en el cielo no se podía ver el movimiento real, sino una proyección del mismo.

El investigador guardó silencio y miró al techo, como si desde aquel sótano donde se encontraban echara de menos el cielo abierto. Quizá ya fuera de día, Donato había perdido la noción del tiempo.

—Parece horrible —se atrevió a susurrar Donato. Esta vez no hubo respuesta por parte del científico—. Un hombre traicionando a su maestro, dejando de mirar al cielo y de analizarlo al aire libre para encerrarse en su estudio e idear la fórmula matemática que explique el cielo antes que el propio cielo —recapituló Cavalieri.

—No —replicó el científico con cierto enfado—. Lo terrible es que ninguno de ellos, aunque hubieran llegado a predecir la posición, había entendido nada. No sabían por qué se movían, qué hacía que los planetas se desplazaran.

—¿Quién lo descubrió?

—Newton, por supuesto —explicó condescendientemente el científico, como si fuera una obviedad—. Brahe sabía qué, Kepler sabía cómo y Newton sabía por qué, pero, sin embargo, cada uno de ellos creía que lo había descubierto, que su tarea estaba terminada.

—Y de algún modo tenían razón, a los tres les sobrevino la muerte, algo inevitable. La muerte los engañó, o los salvó, según se mire. Solo la muerte, el final definitivo, nos hace pensar que hemos hecho algo, dándolo por concluido —se atrevió a interrumpir Donato.

—No, no fue la muerte, fue la ciencia. La ciencia se empeña en hacernos creer que podemos predecir, que llegaremos a comprenderlo todo, que no importa si morimos, porque nuestras fórmulas, nuestro conocimiento sobrevivirá y, además de permanecer en la memoria de las personas, nos habrá permitido predecir lo que sucederá.

»Brahe, Kepler y Newton podrían haber sabido dónde estaría Marte ahora, mientras hablamos, y eso les hizo pensar que, de algún modo, no morirían. Pero, sin embargo, murieron.

El profesor Geiser se sumió en un profundo silencio, un largo y significativo silencio, como dando tiempo para que Donato pudiera entender la profundidad de lo que iba a revelarle.

—Nosotros desarrollamos aquí un proyecto basado en cálculos matemáticos muy complejos que no es necesario que le explique.

—¿Lo hacen a través de la supercomputadora que mencionó la superiora Agustina? ¿La tienen aquí?

El profesor Eugene Geiser sonrió antes de responder.

—Si tuviéramos ese enorme poder de calcular concentrado en una sola supercomputadora, seríamos detectados por nuestros enemigos al instante y nos habrían descubierto hace mucho tiempo. Trabajamos con una red de ordenadores que están localizados a lo largo y ancho del planeta. No es una demostración de poder, se trata de una estrategia de ocultación, así somos invisibles a los ojos del mundo y no perdemos potencialidad. Trabajamos con ordenadores de personas que se muestran como supuestos colaboradores de un proyecto de mejora de suelos y cultivos. Utilizamos la capacidad de cálculo de millones de usuarios, amas de casa, estudiantes, bibliotecas u oficinas. Simplemente, cuando ellos no están utilizando el ordenador pero este sigue encendido, nuestro ordenador automáticamente utiliza sus procesadores para realizar los cálculos. Si alguien descubriese algo, solo podría tener acceso a los archivos de estudios agropecuarios, que nada tienen que ver con el proyecto secreto. Esa es nuestra gran supercomputadora. Pero todo lo que tenemos aquí es este pequeño ordenador, donde se recogen los resultados de los cálculos.

—¿Qué quieren calcular? ¿Sirve para predecir el futuro? —Donato intentaba reconducir la conversación hacia el proyecto secreto.

—Digamos que sí. Podemos calcular la posición de cualquier elemento siempre que pueda determinarse como un conjunto cerrado. Es decir, no podemos saber lo que hará usted, pero sí lo que sucederá en una sociedad y, sobre todo, lo que le sucederá al planeta.

—¿Quiere decir que la profecía de Newton...? —Se interrumpió, como si obtener la confirmación hiciera más probable que sucediera.

—No tenemos la certeza aún. Cuando introducimos una fecha posterior al año 2060, el año indicado por Newton como el inicio del fin del mundo, la respuesta que nos devuelve es una fórmula matemática, una fórmula newtoniana, la que explica por qué se mueven los planetas. Usted la conocerá, se estudia muy pronto: $F = m \times a$, es decir, la fuerza es igual a la masa por la aceleración.

»Así que, en realidad, Newton nos legó una fórmula que, a partir del año 2060, solo permitirá conocer el pasado, predecir el pasado. Dado que es una fórmula científica —señaló Geiser—, pensamos que es una broma. Puesto que nos servimos de los desarrollos matemáticos de Newton, tendemos a pensar que en sus fórmulas hay una especie de gusano que contiene la profecía, como si el hecho de que no se cumpliera la profecía que él descubrió en el Libro de Daniel hiciera que nada tuviera sentido, como si fuera necesaria una muerte, una suerte de sacrificio para que la ciencia resultara victoriosa.

Donato entonces preguntó al profesor:

—Pero también podría ser que, si ustedes reciben resultados de sus cálculos hasta el 2060 y de los años siguientes nada…, ¿no se podría interpretar que después de ese año nada existirá?

—Esa también sería una posibilidad, son demasiados secretos para desvelar —explicó Eugene Geiser.

Una imagen del pasado

Donato Cavalieri abandonó la estancia para que el profesor Geiser pudiera mantener una conversación telefónica privada.

Se sentó en una silla y meditó durante varios minutos. Al poco tiempo, vio llegar a la hermana Agustina acompañada por Menéndez. Conversaron brevemente entre ellos hasta que el científico, desde la puerta de su despacho, les hizo una indicación para que entraran.

Geiser tomó la palabra, dirigiéndose al sacerdote.

—Estamos en el proceso previo para establecer una comunicación telefónica segura. Hay alguien que quiere hablar con usted, padre —indicó—. Es un trámite lento, pero absolutamente necesario para no ser detectados.

—¿Quién quiere hablar conmigo?

—En ningún momento debe utilizar nombres mientras dure la conversación —recomendó Rafael Menéndez.

—La persona que quiere hablar con usted, padre, es monseñor Franco Moretti —respondió Agustina.

Escuchar el nombre y el apellido del subdirector del espionaje de la Santa Sede impresionó al sacerdote.

—Pero... ¿él sabe que estoy aquí?

—Siempre lo ha sabido. El contacto con nosotros fue planificado por él, aunque sin conocimiento del Vaticano —explicó la hermana.

—¿Qué tiene que ver él con ustedes?

—Forma parte de nuestra Comunidad y, como nosotros, busca un cambio radical que acerque de nuevo la Iglesia católica a la gente —dijo Menéndez.

—Él, desde su cargo en Roma, posee mucha información confidencial relevante, y eso para nosotros es esencial, porque nos facilita mucho el trabajo —aclaró la superiora de la Comunidad.

En ese instante, desde un centro de control de comunicaciones llegó la señal de la conexión con Roma.

—Atienda la llamada —señaló Geiser.

Donato obedeció y escuchó la voz de Moretti.

—Señor...

—No digas nada —dijo el monseñor, tuteándole—. Tú querías saber y yo sabía, pero no podía decírtelo directamente, he tenido que montar toda esta intrincada serie de acontecimientos para dirigirte hacia el camino de la verdad sin que sospecharan de mí. Ahora, solo escúchame. Tienes que viajar a cierto lugar que te indicarán allí. Con ellos estarás protegido, puedes confiar. Yo sé bien quiénes son los amigos y los enemigos. No puedo hacer más por el momento, pero recibirás mis instrucciones. El Señor esté contigo —dijo y cortó la comunicación.

El joven sacerdote se quedó sin habla.

La superiora rompió el silencio.

—Nos ha llegado un mensaje en clave que debemos descifrar. En cuanto lo hagamos, sabremos qué órdenes hay para ti.

—Yo debo decirle, Cavalieri, algo más que no pude comentarle antes. Ahora lo hago porque monseñor Moretti me ha indicado que debo revelárselo —se apresuró a contar el profesor.

Las sorpresas parecían no acabar nunca para el joven sacerdote.

Al científico no le agradaba lo que iba a revelar allí, pero debía hacerlo y comenzó su narración con cierta reserva y temor a sus propias palabras y el efecto que tendrían en el sacerdote italiano.

—Yo trabajé en el proyecto del cronovisor desarrollado en Estados Unidos, para lo cual debía firmar un contrato de confidencialidad con el gobierno estadounidense. Esto significaba que nunca podría revelar lo que habíamos realizado durante ese trabajo secreto.

—¿Ya está concluido? —preguntó Donato.

—Hicimos pruebas con diferentes resultados, pero nos faltaba información del aparato italiano para comprobar errores y subsanarlos. Ernetti era la clave, pero era impensable llegar a él. La Santa Sede lo había descalificado públicamente, e incluso habían dejado filtrar la famosa fotografía falsa de Jesucristo para desacreditarlo ante la opinión pública. Curiosamente, después del descrédito, le rodearon de un hermético y discreto dispositivo de seguridad para que nadie se acercara al religioso. Parecía que se desplazaba solo, pero en realidad lo hacía rodeado de agentes del Vaticano. Que la CIA intentara llegar hasta él significaba exponerse a ser descubiertos y que nuevamente las relaciones entre la Santa Sede y Estados Unidos se deterioraran o se interrumpieran definitivamente.

El profesor hizo una pausa para observar a sus interlocutores y el efecto que iban teniendo sus palabras. Luego continuó:

—Pero años después descubrieron que un sacerdote había investigado e interrogado al padre Ernetti y que incluso este tendría la única copia de los planos del cronovisor, ya que otras habrían sido destruidas por orden del papa. En realidad todo era incierto; eran rumores, pero valía la pena investigar a ese sacerdote, ya que no tenía custodia y supuestamente nadie sabía de su intervención en el caso —explicó Geiser—. También otras congregaciones radicales trataban de obtener los secretos del invento para utilizarlo en su beneficio.

La emoción del italiano iba en aumento, el profesor alemán estaba refiriéndose a su hermano.

—Buscaron e indagaron de mil maneras, incluso ayudados por un grupo de religiosos afines a la CIA. En

1984, cuando murió su hermano, un joven sacerdote norteamericano trabajaba como informante de la CIA en el Vaticano, mientras aparentaba realizar un curso de estudios en Roma. Además, era un ser sin escrúpulos que, con tal de ascender, era capaz de cualquier atrocidad. Hoy sigue estando en Roma y es uno de nuestros principales enemigos.

—¿Quién es? —se atrevió a preguntar Donato.

—El obispo John Benton —se apresuró a contestar la superiora de la congregación.

—Le conozco muy poco, parece ser un hombre impenetrable —puntualizó el joven sacerdote.

—Y sumamente peligroso. Forma parte de un grupo de desestabilizadores de la Santa Sede. Incluso, en su momento, una famosa secta católica trató de obtener los secretos del invento para utilizarlo en su provecho y, circunstancialmente, se dice que llegaron a aliarse con Benton —agregó la mujer.

—Me gustaría finalizar mi relato —señaló algo ofuscado Geiser, a quien parecía no gustarle que lo interrumpieran o contradijeran.

—Sí, perdone, profesor. Continúe, por favor —pidió la hermana Agustina.

—Benton ha sido de todo menos un hombre de Dios. Espió, conspiró y traicionó cuando lo creyó necesario —subrayó el científico—. Él y otras personas de su grupo eran los encargados de seguir los movimientos de Camillo Cavalieri.

Donato hizo la pregunta que desde tanto tiempo le torturaba: quería saber quiénes eran los responsables de la muerte de su hermano.

—¿Benton tuvo algo que ver con su muerte?

Un silencio sepulcral se hizo en el despacho. Todos se miraban entre sí, salvo el joven sacerdote. Tanto su mirada como sus sentidos estaban fijos en el catedrático, esperando la respuesta.

Geiser respiró profundamente, y respondió sin rodeos:

—Sí, él estuvo involucrado.

El joven se levantó de su asiento sin decir palabra. Entrecerró los ojos, aunque quería correr, gritar y lanzar todo el sufrimiento contenido durante años.

Agustina se dirigió hacia él, le tomó las manos y luego le abrazó, reteniéndole en esa posición largo tiempo.

Donato hizo una pregunta que entendió necesaria para aclarar el papel de Franco Moretti en todo el asunto:

—¿Qué hace monseñor Moretti con ustedes?

—Desde hace un año, cuando ingresó en nuestra Comunidad, es nuestro nexo secreto para conocer lo que ocurre entre las sombras de la Santa Sede —fue la respuesta de la mujer.

Eso le dio cierta tranquilidad y confianza en el subdirector del espionaje vaticano e imaginó todos los problemas que debía de haber sorteado para ayudarle sin ser descubierto.

Rafael Menéndez, que había salido momentos antes del despacho, regresó con novedades.

—Bien, ya han descifrado el mensaje que ha enviado monseñor Moretti —dijo, y se lo entregó a Cavalieri.

El joven sacerdote leyó con atención la hoja que recibió, donde su superior le indicaba que debía salir de Nueva York inmediatamente bajo una falsa identidad. Moretti le aclaraba que no podía quedarse en Estados Unidos, ya que el obispo Benton estaba intentando encontrarle desesperadamente, y tampoco debía regresar directamente a Roma, pues sería el centro de todas las miradas.

Lo mejor era, según el mensaje, ir a Venecia a una dirección específica que le indicaba y esperar allí hasta recibir un envío postal.

Añadía que alguien de la Comunidad debería acompañarle en todo momento.

Después de conversarlo entre todos, se decidió que quien iría con Donato a Venecia sería el español, Rafael Menéndez.

Minutos más tarde, los técnicos de la Comunidad le realizaron el pasaporte con nombre y apellido falsos que el italiano tenía que utilizar para salir del país.

Ya casi amanecía cuando la hermana Agustina, Menéndez y Cavalieri se despidieron del profesor Geiser para regresar a la residencia de Kew Gardens.

Los conspiradores

Cuando no había presente algún superior jerárquico y las acciones quedaban a su cargo, el obispo Benton abandonaba su servilismo para convertirse en un ser cínico y prepotente que se sentía el amo de una única verdad: la suya. Acababa de llegar a Nueva York y tenía ante sí a sus compañeros de la orden secreta de la que él formaba parte junto a muchos miembros de distintas jerarquías eclesiásticas. No hacía falta identificar al grupo con ningún nombre histórico o del santoral cristiano, simplemente entre ellos se denominaban La Orden; eso evitaba suspicacias, ya que, al no existir un nombre concreto, era difícil identificarlos o comparar sus testimonios, si oficialmente todos negaban su existencia.

A su lado estaba el padre Francesco Tognetto, quien ya se había resignado a tener que soportar una vez más la cólera del obispo.

—¡Es usted un inútil! —vociferó Benton delante de todos—. Era la persona que debía controlar a Donato Cavalieri y lo ha dejado escapar.

—Monseñor, la CIA también ha perdido su rastro —apuntó Tognetto a modo de disculpa.

—¿Usted piensa que soy tonto? ¿Se está burlando de mí? ¡Qué me importa lo que haga o deje de hacer la CIA! Si pierden a alguien es problema de ellos. Lo que me preocupa son nuestros errores —replicó el obispo totalmente alterado.

—Estamos intentando solucionar el problema, en pocas horas daremos con él —dijo Tognetto tratando de calmar el ánimo de su interlocutor.

—¿Y cómo piensan encontrarlo? —volvió a preguntar el obispo, alzando la voz.

—Monseñor, se trata de un asunto confidencial, aquí hay mucha gente, luego se lo explicaré si así lo desea.

—Bien —asintió el aludido—, pero procure no volver a fallar. Si no lo encuentran, infórmeme inmediatamente.

—Le mantendremos informado de todo lo que ocurra —aseguró Tognetto.

—No —replicó Benton—, pensándolo mejor, cuando lo localicen, yo acompañaré al grupo de operaciones. No quiero más sorpresas desagradables.

—Pero, monseñor, es demasiado peligroso que usted se arriesgue en una operación en la que ni siquiera sabemos aún con quiénes se encuentra Cavalieri ni si ofrecerán resistencia armada —dijo el sacerdote tratando de disuadirle.

—¿Usted piensa que yo no sé protegerme, que soy un simple obispo que trabaja detrás de un escritorio? Pues sepa que he tenido más acción en operaciones especiales que muchos de ustedes juntos —respondió con indisimulado orgullo.

—Bien —aceptó con resignación el doble agente—. Se hará como usted disponga.

El momento de la despedida

La noche siguiente a la reunión con el profesor Geiser, el español y el sacerdote italiano no pudieron descansar mucho en la residencia de la Comunidad en Kew Gardens. Demasiadas cosas en las que pensar les quitaban el sueño.

Después de comer algo y de una larga tertulia con la hermana Agustina sobre temas personales, Cavalieri se sintió algo más reconfortado espiritualmente. Comenzaba a admirar a esa mujer que lo había dejado todo para luchar por lo que entendía que era el cambio imprescindible que necesitaba la Iglesia de Cristo para revitalizarse sin excluir a nadie.

Ahora solo faltaba que llegara la hora de partir hacia el aeropuerto para iniciar el viaje a Venecia.

Rafael Menéndez preparaba sus maletas en una habitación contigua a la suya. La casa estaba en silencio.

Cerca de la medianoche, Cavalieri oyó unos golpes en la puerta de su dormitorio. Encendió la luz y vio el rostro desencajado de Rafael.

—Vístete deprisa, la residencia está siendo asaltada, las cámaras de vigilancia indican que estamos rodeados. Coge tu pasaporte y nada más, saldremos por un túnel de emergencia. Los vigilantes de seguridad les entretendrán el tiempo necesario para que podamos huir —le explicó el español casi sin aliento.

Mientras se vestía atropelladamente, Donato atinó a preguntar:

—Y la hermana Agustina, ¿dónde está?

—Ella ya está fuera de peligro, se encuentra en otro lugar. Los demás compañeros se han quedado para enfrentarse a los intrusos.

—Pero no podemos abandonarlos —reflexionó el sacerdote en voz alta—. Yo me quedaré para ayudarles. El motivo de esta reyerta es porque me buscan a mí.

—¡Tú estás loco! Ellos saben lo que hacen, sopesan los riesgos y los asumen, están preparados para ello. Vamos, date prisa, debemos irnos ya —le apremió Menéndez.

En contra de lo que le dictaba el corazón, Cavalieri cogió el pasaporte, unas pocas ropas, el sobre con los documentos que Varelli le entregara antes de partir de Italia y acompañó a su interlocutor en la huida.

Se dirigieron hacia el sótano y allí, detrás de un mueble, se encontraba una puerta de emergencia. Una vez traspasada, los dos corrieron por un túnel algo rudimentario que los llevaría lejos de la residencia.

Casi mil metros después estaba la salida. Se trataba de una zona boscosa donde les esperaba un automóvil conducido por un miembro de la Comunidad.

La huida

Ninguno de los dos hombres hablaba. Un silencio sofocante inundaba el lugar. Tenían su pensamiento en el edificio del que habían tenido que huir apresuradamente.

¿Qué estaría sucediendo en la residencia? Solo Dios lo sabía.

En la zona más boscosa, les aguardaba el conductor junto a su vehículo. Subieron y el automóvil se alejó rápidamente del lugar.

Poco tiempo después, llegaron al aeropuerto JFK. Mientras, Menéndez mostraba su preocupación por si alguien de la Comunidad hubiera sido obligado a hablar. Era lógico pensar que ya les estuviesen esperando en la terminal aérea. En ese caso, todos los aeropuertos de Estados Unidos estarían permanentemente vigilados y sería suicida intentar escapar desde alguno de ellos.

Menéndez hizo uso del plan de emergencia: llevaba escrito un número de teléfono y una solución alternativa que solo debía utilizar en casos extremos. Así había sido debidamente acordado con la Comunidad, solo para situaciones límite, cuando ya no quedaran otros recursos.

Marcó el número de teléfono e informó de todo lo acontecido a un superior. Después, esperó a que volvieran a comunicarse con él para darle nuevas instrucciones.

Los minutos parecían interminables; una hora, dos. Finalmente, la contestación se produjo indicándole una nueva ruta de escape, pero esta información venía acompañada de otra que hizo que el rostro de Rafael Menéndez se volviera sombrío.

Se quedó sin habla, no podía articular palabra, y Donato Cavalieri se dio cuenta de que algo muy grave estaba sucediendo. Entonces, preguntó:

—¿Qué está ocurriendo?

—En el asalto a la residencia... han muerto varios compañeros.

El sacerdote italiano se quedó aturdido, pero con un gran esfuerzo logró realizar otra pregunta:

—¿Quiénes eran?

—No se sabe aún, todo es muy confuso; ya ha llegado la policía y la zona se encuentra precintada, en poco tiempo nos informarán. Hay tres muertos —dijo con voz quebrada, pero intentando recobrarse para darle instrucciones al conductor de que debían dirigirse a un aeródromo privado para embarcar hacia México.

Retomaron el camino hacia el nuevo lugar que les habían indicado; iban en silencio hasta que Donato habló.

En medio de la tensión y el dolor, se intentaron poner de acuerdo en los pasos que seguirían.

Al llegar al aeródromo, les esperaban dos hombres con nuevas instrucciones y todo preparado para abandonar Estados Unidos. Cuando el avión despegó, los nervios de Cavalieri estaban a flor de piel.

—Este avión nos llevará a México, desde allí saldremos rumbo a Italia —le comentó Rafael.

—¿Y la hermana Agustina está bien? —preguntó el sacerdote.

—Según los informes no estaba en la finca cuando se produjo el ataque. Cuando pueda viajar, se encontrará con nosotros en Venecia —respondió Menéndez.

En Venecia

Después de una serie interminable de combinaciones aéreas, de largas horas de espera en distintos aeropuertos internacionales y de un insoportable viaje en tren por el interior de Italia, Donato Cavalieri, con un pasaporte a nombre de Giovanni Paccini, y Rafael Menéndez, con otro documento que lo identificaba como Marcos Alzugaray, llegaron por fin a Venecia.

Se alojaron en el pequeño hotel, cercano al puente de Rialto, reservado por monseñor Franco Moretti. Ahora ya solo les quedaba esperar.

Unos golpes suaves en la puerta de la habitación interrumpieron el sueño del padre Cavalieri.

—Donato, soy Rafael —se oyó una voz desde el pasillo del hotel.

El sacerdote le franqueó el paso y se sorprendió gratamente al ver a la hermana Agustina.

Al abrazarla, Cavalieri sintió una extraña y agradable sensación que recorrió todo su cuerpo.

Pronto los tres entablaron una conversación sobre lo que había acontecido y lo que estaba por suceder. En medio de todo, se congratulaban enormemente de volver a estar juntos.

Donato preguntó por los miembros de la Comunidad que habían muerto en el asalto a la finca en Estados Unidos y Agustina relató los detalles de lo que había podido saber, ya que en el momento del ataque se encontraba en otra de las casas del grupo. Después, los tres rezaron por los compañeros asesinados.

Un día después, un emisario de Franco Moretti llegó al hotel de Venecia y preguntó por Giovanni Paccini. Una vez que se produjo el encuentro, se identificó y les pidió que le acompañaran ante un notario veneciano, quien, por petición de un colega suizo, debía entregar a Donato Cavalieri unos documentos sellados y lacrados.

Ante el notario, el sacerdote mostró su pasaporte verdadero. Cumplidos los requisitos formales de identificación, le entregaron un maletín que, en su interior, contenía una abultada carpeta de grandes dimensiones.

Con rapidez salieron del lugar y volvieron al hotel para planear detalladamente su regreso a Roma. Al llegar, Donato les pidió que le dejaran estar unos minutos a solas en su habitación. Menéndez asintió.

Donato se sentó en la cama, miles de sensaciones le invadían, las lágrimas pugnaban por salir. Estaba solo, nadie podía verle llorar. Fue abriendo con delicadeza el maletín; después, extrajo de su interior una voluminosa carpeta con documentos.

El dosier tenía un número en la portada. En su interior, había documentos y fotografías. Reconoció la letra de su hermano en algunos escritos, era la caligrafía que tantas veces había visto en su casa durante los largos veranos. Sacó una fotografía de Camillo vestido de monaguillo el día de su Primera Comunión y leyó un breve texto que estaba escrito en la esquina inferior derecha: «Recibí jubiloso mi Primera Comunión en compañía de mis padres». Donato aún no había nacido.

Comenzó a leer el dosier que se refería al interrogatorio del padre Ernetti sobre el cronovisor. Su hermano manifestaba que, antes de su investigación y por orden del papa Pío XII, se destruyeron las imágenes referidas a la época de Jesucristo. Ernetti había conservado dos que Cavalieri no incluyó en el informe al Vaticano, pero que, por petición expresa del inventor, había conservado fuera del informe secreto. Esas fotografías eran difusas y una mostraba a un hombre cargando una cruz, supuestamente, a través de lo que sería la Vía Dolorosa. Los rasgos de quien podría ser Jesucristo no eran del todo visibles. La otra imagen se suponía que era de la tumba vacía del Redentor, donde se apreciaba lo que parecían dos hombres en actitud contemplativa. En el suelo se podía ver una sábana y algo similar a un paño de menores dimensiones. ¿Tal vez el Santo Sudario? Entonces, ¿realmente había resucitado como se narra en la Biblia? El investigador había anotado: «Muchos confunden el Santo Sudario que se conserva en la catedral de Oviedo, en Asturias, con la Sábana Santa de Turín, pero son dos objetos sagrados diferentes, aunque relacionados entre sí. En el evangelio según san Juan (20:3-8), se cuenta que fue María Magdalena quien encontró el sepulcro vacío y fue a contárselo a Simón Pedro y a un discípulo:

> Y salieron Pedro y el otro discípulo, y fueron al sepulcro. Corrían los dos juntos; pero el otro discípulo corrió más aprisa que Pedro, y llegó primero al sepulcro. Y bajándose a mirar, vio los lienzos puestos allí, pero no entró. Luego llegó Simón Pedro tras él, y entró en el sepulcro, y vio los lienzos puestos allí. Y el sudario, que había estado sobre la cabeza de Jesús, no puesto con los lienzos, sino enrollado en un lugar aparte. Entonces entró también el otro discípulo, que había venido primero al sepulcro; y vio, y creyó.

El hermano mayor de Donato Cavalieri explicaba en sus notas que «el Santo Sudario de Oviedo es un pañolón de lino manchado de sangre y alguna quemadura, de forma rectangular con una medida de 83 × 53 centímetros. Este "lienzo funerario", el sudario, era empleado en enterramientos de judíos y cubría exclusivamente el rostro del muerto».

El investigador italiano explicaba la relación existente entre la Sábana Santa de Turín y el Santo Sudario de Oviedo, ya que, en el evangelio, «san Juan señala los "lienzos" por una parte y el "sudario" por otra. Este último se habría utilizado para cubrir el rostro de Jesús en el traslado desde el Gólgota al sepulcro y, una vez allí, fue colocado en un lugar aparte. Después de algunos estudios científicos, se revela que existe compatibilidad entre las manchas de sangre del Sudario y las de la Sábana de Turín».

Un estudio hematológico de ambas reliquias sagradas dio como resultado el mismo grupo sanguíneo, perteneciente al grupo AB, minoritario en Europa y mayoritario en la región de Israel.

El hermano menor recordó las últimas investigaciones genéticas sobre el Sudario de Oviedo. En el estudio de la tela impregnada en sangre, los científicos descubrieron una pequeña parte de ADN mitocondrial (una sección de ADN que se hereda de la madre) y, para asombro de todos, no encontraron rastros del ADN paterno. ¿Sería esa la prueba de que, en la concepción de Jesús, no actuó la mano del hombre, tal como afirma la Biblia? Todavía faltaban estudios pero, de poder demostrarlo científicamente, esa era una información que la Iglesia católica procuraría que se conociera mundialmente, ya que eso demostraría la divinidad de Jesucristo.

Finalmente, el sacerdote se seguía preguntando por qué muchos hablaban sobre la reliquia de Turín mientras muy pocos lo hacían sobre el Santo Sudario que se encuentra en Oviedo.

Al leer el informe de su hermano, las emociones se iban apoderando de todo su ser. La necesidad de conocer todos los detalles le hacía pasar de un tema a otro, casi con desesperación.

Leyó cómo había sido el proyecto del cronovisor y la revelación del Libro de Daniel estudiada por Newton, así como los intentos de fotografiar también el futuro. Pudo comprobar cómo la CIA y el Vaticano se engañaban mutuamente, pues ninguno había entregado al otro todos los datos necesarios para poder concluir con éxito el proyecto. Camillo, sin embargo, lo había conseguido reunir todo en este expediente. ¿Era eso lo que tantos perseguían con ahínco? ¿Tan importante resultaba que no dudarían en matarle como hicieron en su día con su hermano?

«Allí donde crece el peligro crece también la salvación», había dicho un poeta. Camillo deshonrado al haber sido encontrado muerto en el sótano de un burdel, y él ahora compartiendo habitación de un hotel para parejas con una exmonja. El mundo se había vuelto loco, pero no, no podía ser que no encontrara ningún sentido a todo aquello.

Cuando era pequeño, su madre le contaba hermosas historias sobre por qué había que alejarse de las serpientes o por qué existían las flores y los frutos, y todo adquiría sentido, había una explicación razonable para cada cosa. Estaba seguro de que Camillo había escuchado las mismas historias y las mismas explicaciones: todo lo que sucede tiene sentido, aunque uno no pueda comprenderlo completamente.

En el fondo de la plaza podía ver el Campanile. Las farolas le impedían apreciar el cielo en todo su esplendor, tampoco ayudaba mucho el vapor de agua que constantemente emana de las calles de Venecia.

Creía entender lo que había sucedido. El Vaticano había desarrollado una tecnología que permitía recopilar hechos, el cronovisor. Allí estaban algunas fotografías para demostrarlo. Los norteamericanos trataban de encontrar la fórmula que debía recuperar el pasado, pero necesitaban situar con muchísima precisión los hechos para que el rescate fuera perfecto. El cronovisor italiano era la clave. Sin poder saber con la máxima exactitud qué había pasado, cualquier recuperación se desviaría de la verdad.

Camillo Cavalieri, en sus escritos, puntualizaba que el caso del cronovisor era ajeno a la profecía de Newton y que no debían mezclarse, y tenía razón. Eran dos casos diferentes que no tenían relación entre sí, y así debían interpretarse. Uno miraba el pasado y el otro se centraba en descubrir el futuro.

Donato se acordó de Eugene Geiser y de su interpretación, quizá ahora se encontraba más cerca de la verdad. Tycho Brahe había obtenido los datos, pero no la ley que los conectaba. Kepler había obtenido los datos y encontrado la ley, sabía qué y sabía cómo, pero no podía saber por qué se movían los astros. Newton supo por qué y, de algún modo, comprendió que la explicación estaba completa pero que albergaba en sí, como siempre sucede con la verdad, una terrible enseñanza. La Comunidad había unido todo y había podido vaticinar el futuro, pero no había conseguido ninguna predicción más allá del año 2060 y, por lo tanto, no había demostración ni conocimiento. Solo una expresión matemática: $F = m \times a$. Es decir, la fuerza de un hecho es la aceleración con que avanza incrementada por la masa que lo compone.

Volvió al informe y reconoció en él la historia de una gran incomprensión, de una pelea que nadie había podido ganar, de una lucha en la que los oponentes habían sacrificado lo mejor que tenían. Estaba ante la desolación de un campo de batalla: no importaba quién fuera el vencedor, no había nada que ganar, salvo ruinas y el orgullo de haber triunfado en una larga guerra.

Miró las fotografías del pasado como el que observa un álbum familiar, intentando reconocer quién o quiénes acompañan a la figura principal. Amanecía cuando llegó a la última fotografía.

En ese momento, le sobresaltaron unos golpes en la puerta. Acudió rápidamente, no sin antes preguntar quién era.

—Soy Rafael, por favor abre —escuchó en la voz de su acompañante.

Sin dudar, le franqueó el paso y sintió que el cuerpo de Rafael caía sobre él empujado por vete a saber qué fuerza.

Desde el suelo, pudo ver al obispo Benton y a otro hombre que le apuntaba con una pistola.

—Bueno —sonrió el obispo irónicamente—. Por fin nos encontramos.

Donato hizo un brusco movimiento y el acompañante le indicó que, si se movía, le dispararía allí mismo sin contemplaciones. Después, cerró de golpe la puerta de la habitación.

—No esperes que nadie te ayude, hemos eliminado al emisario de Moretti y tu amigo va a morir en este instante si no me entregas el informe —declaró Benton.

—Por favor, no le hagan daño —suplicó el sacerdote.

Rafael Menéndez yacía en el suelo y parecía estar inconsciente.

—Yo, después, le daré el informe, pero antes quiero saber por qué mató a mi hermano —dijo en tono firme el cura italiano.

—¿Quieres saberlo? Bien, te lo diré. Tu hermano era un idealista que creía en la bondad del ser humano. Se negó una y mil veces a entregarnos el informe y reconozco que, al final, el asunto se nos fue de las manos. En realidad, no teníamos ninguna intención de matarle. ¿Satisfecho? Ahora entrégame esos documentos —dijo, avanzando hacia el joven.

En ese instante, Rafael se abalanzó por detrás del acompañante del obispo, iniciando una feroz y violenta lucha con él, mientras Donato intentaba reducir al obispo Benton.

Menéndez logró arrebatarle la pistola con silenciador a su contrincante y, antes de que este tuviera tiempo de reaccionar, se escuchó el sonido sordo de un disparo. El desconocido cayó pesadamente al suelo.

Mientras, el joven sacerdote logró reducir a golpes al asesino de su hermano.

—No se mueva o le disparo —amenazó Rafael al obispo.

—¿Qué están pensando hacer? Mis hombres están por toda Venecia, y les encontrarán aunque se escondan debajo de las piedras. No tienen escapatoria. Lo mejor que pueden hacer es entregarme el informe, entonces les dejaré ir —prometió el obispo desde el suelo.

—Si le matamos, también nos podremos ir —le recordó Rafael.

—Nuestra organización seguirá persiguiéndoles, aunque me eliminen a mí —amenazó Benton con una sonrisa en los labios.

—¿Disfrutó asesinando a nuestros compañeros de la Comunidad en Estados Unidos? —le preguntó Rafael Menéndez.

—Sí, disfruté mucho —respondió el obispo, haciendo alarde de una soberbia que no le permitía asumir la realidad de la débil situación en la que se encontraba, y mostrando la actitud de una persona que no estaba en sus cabales.

—Yo no me voy a divertir, pero bajo ningún concepto puedo dejarle con vida —dijo el español, mientras le propinaba un tremendo golpe en la cabeza que le dejó inconsciente.

—No —se interpuso el sacerdote—. No mataremos a nadie. No le vuelvas a golpear.

—Es él o nosotros —intentó convencerle Menéndez—, pero haré lo que tú quieras. Ahora, vete y llévate a la hermana Agustina, yo arreglaré este asunto.

—¿Dónde está Agustina?

—En su habitación en el piso superior, ve a buscarla, pues no debe de estar al tanto de lo que aquí ha ocurrido. Lo más conveniente es que nos separemos para despistarles. Nos encontraremos en Roma pasado mañana —dijo, y le susurró al oído una dirección cercana a la Santa Sede—. Pero esta noche no os registréis en un hotel convencional, pues deben de estar buscándonos. Pasad la noche en un hostal de esos de estancia por horas, donde van las parejas. Allí nadie pensará en encontrar a un sacerdote en compañía de una mujer —le aconsejó a su amigo—. Yo dejaré esto arreglado y me iré después de vosotros. Vete ya.

Con sumo sigilo, Donato recogió sus cosas y el maletín con el dosier y fue en busca de la exmonja. Le explicó brevemente lo ocurrido y lo que había planeado con Rafael. Rápidamente se fueron del hotel, atentos por si alguien les vigilaba. No sabían si eran ciertas las afirmaciones de Benton sobre que había más gente buscándoles.

Rafael Menéndez era un hombre de acción, un miembro de la fuerza de choque de la Comunidad de la hermana Agustina, el encargado de realizar las operaciones más desagradables. Era consciente de que Benton era un enemigo peligroso que les perseguiría allí donde fueran. Ya no estaba Cavalieri para impedirle realizar lo que debía hacer.

El obispo le miraba desafiante y con una sonrisa cínica le dijo desde el suelo:

—Tú, hagas lo que hagas, ya eres un hombre muerto...

—No —le interrumpió el joven—, se ha equivocado, el muerto es usted —aseguró mientras levantaba el arma con silenciador para dispararle, pero no pudo hacerlo, un violento golpe propinado por la espalda le dejó inconsciente.

—¡Imbéciles! Ha estado a punto de matarme. ¿Cuándo pensabais intervenir? —preguntó en el colmo de la ira el obispo Benton a los dos hombres que habían entrado silenciosamente en la habitación.

La hora de las decisiones

Recorriendo las calles de Venecia, ya muy lejos de allí, Donato Cavalieri y la hermana Agustina, siguiendo el consejo de Menéndez, buscaban un alojamiento discreto. Se acercó a unas prostitutas que deambulaban por los suburbios, y se puso a hablar con una de ellas, una joven, casi una niña, que le ofreció sus servicios. Donato le respondió que no y que solo buscaba un hotel discreto para ir con su pareja. La joven miró sonriendo a la hermana Agustina, que aguardaba algo alejada del lugar.

—Vaya, es muy guapa tu novia, pero no creo que sepa hacer las cosas que yo sé hacer en la cama. De todas formas, dos calles hacia arriba te encontrarás con el hotel Bella, a la derecha. Espero que disfrutes —le sugirió con tono de burla.

Donato, con timidez, le agradeció la indicación, pero la joven volvió a hablarle.

—Dile al encargado que te envía Carina, así obtendré un crédito por llevar huéspedes al hotel. No lo olvides. —Y agregó riendo—: Si tu amiga no te diera placer, recuerda que yo siempre estoy aquí. Te haré buen precio.

El joven sacerdote y la exmonja siguieron las indicaciones y llegaron al vetusto albergue de parejas. La recepción estaba vacía, por lo que tuvieron que esperar hasta que un hombre de aspecto descuidado apareció para atenderles. Les dio una habitación en la segunda planta.

Después de un baño reparador se sentaron a conversar, pero a Donato comenzaba a incomodarle la situación. En realidad, no es que fuera molesta, era una sensación que podía interpretarse como el deseo de estar íntimamente con una mujer, algo que ya había sentido en varias oportunidades, pero que con esfuerzo siempre había alejado de su mente; pero ahora era distinto, la exreligiosa, una mujer con una belleza que iba más allá de lo físico, despertaba en él un deseo irrefrenable, de protegerla, de abrazarla...

—Donato..., ¿en qué piensas? —le interrumpió Agustina.

El sacerdote intentó recobrar la compostura, respondiendo casi con un balbuceo.

—En que... debemos comer algo. Dime qué te apetece y saldré a comprarlo para los dos.

Se pusieron de acuerdo y Donato interiormente agradeció poder salir de la habitación. Lo que estaba en sus pensamientos no era adecuado, se repetía una y otra vez el sacerdote.

Agustina se recostó vestida sobre la cama, entrecerró los ojos intentando descansar mientras regresaba Donato, pero pronto el sueño se apoderó de ella.

Al volver, el hombre la vio plácidamente dormida y no supo qué hacer. Fue al baño y se lavó las manos para comer, aunque no tenía apetito. Paseó por la habitación y se acercó a la ventana.

Volvió a mirar a Agustina, que dormía profundamente. Le dio pena despertarla, de todas formas la comida era fría, unos sándwiches, por lo que podían esperar. Sintió unos deseos irrefrenables de abrazarla, pero prefirió alejarse de esos pensamientos.

Un hedor dulce y desagradable se expandía por la habitación del hotel. Donato abrió ligeramente la ventana, pero el olor de Venecia tampoco le gustaba. La noche era fresca.

Cogió el maletín y volvió a sacar los documentos. Se sentó en el sillón junto a una lámpara de pie y comenzó a leer un apunte de su hermano que encontró en el informe: «Los estadounidenses están interesados en conocer el pasado, pero también el futuro, lo que pueda ocurrir. Sin embargo, les preocupa más que alguien, ajeno a ellos, conozca sus pecados del pasado. El cronovisor italiano les ha puesto en máxima alerta. ¿Qué sucedería si se descubren sus múltiples misiones secretas a lo largo del tiempo por todo el planeta? El gobierno de Estados Unidos quiere los planos de Ernetti para perfeccionar su propio aparato y que este quede exclusivamente bajo su control».

El teólogo asesinado reconocía que el Vaticano también temía las revelaciones del cronovisor, ya que esas imágenes rescatadas del pasado podrían desacreditar, en muchos aspectos, la posición de la Iglesia católica en la tierra. ¿Y si la mayor parte de lo que describe la Biblia fuera totalmente diferente a lo que podrían mostrar las fotografías?

Su hermano aseguraba en el dosier que el padre Pellegrino Ernetti era un hombre sincero y honesto, que decía la verdad, pero que, en determinado momento de sus investigaciones, tuvo que guardar silencio, no tanto por las imposiciones del Vaticano, sino por miedo a que su invento cayera en manos equivocadas que hicieran un mal uso del descubrimiento.

«Esta máquina puede provocar una tragedia universal», había declarado el inventor en una entrevista y lo había repetido ante Camillo Cavalieri, añadiendo también que los pensamientos suponen una liberación de energía que se podía captar con el cronovisor y eso resultaba muy peligroso, pues se podría conocer lo que piensa cualquier persona, incluso la más cercana, y terminaría con la intimidad del ser humano.

«¿Por qué me están sometiendo de nuevo a un interrogatorio, si ya he dicho todo lo que tenía que decir al respecto? ¿Temen que haya ocultado algo?», preguntó el interrogado con la conciencia muy tranquila a Camillo Cavalieri.

El sacerdote investigador insistió en el tema de las imágenes de los tiempos de Jesucristo, pero no consiguió obtener respuestas. El inventor le repitió que no hablaría, y añadió únicamente que, el día que se conocieran esas fotografías, habría que modificar muchas cosas en el mundo.

En su informe conservaba la trascripción de un interrogatorio al que fue sometido un ayudante de Ernetti, que habría enloquecido después de ver imágenes supuestamente del cronovisor. El sacerdote estaba recluido en un hospital para enfermos mentales donde Camillo había conseguido entrevistarse con él.

El hombre no paraba de repetir ciertos pasajes de la Biblia, referidos al Éxodo, 24, 15-18: «Subió Moisés al monte, y la nube cubrió el monte. La gloria de Yahvé reposó sobre el monte Sinaí y la nube lo cubrió por seis días. Al séptimo día, llamó Yahvé a Moisés de en medio de la nube. La gloria de Yahvé aparecía a la vista de los hijos de Israel como fuego devorador sobre la cumbre del monte. Moisés entró en la nube y subió al monte. Y permaneció Moisés en el monte cuarenta días y cuarenta noches». Cuando Cavalieri le preguntaba qué quería decir con eso, el hombre respondía como ausente y con la mirada perdida en algún punto lejano: «No eran humanos ni ángeles, yo los he visto en las fotografías, Moisés no estuvo con Yahvé, eran ellos quienes le instruían», repetía con voz temblorosa.

«¿Quiénes son ellos?», preguntaba una y otra vez Camillo Cavalieri, el investigador, y siempre recibía la misma respuesta: «El padre Ernetti lo sabe..., hablen con él», y luego se encerraba en un empecinado silencio y sollozaba.

Camillo trataba de calmarle y le hablaba con dulzura, pero solo consiguió que, entre sollozos, agregara: «Ezequiel les vio... y yo también les vi... en las fotografías... Son ellos, no eran humanos. Deben hablar con Ernetti..., él sabe..., él sabe...».

El hermano menor no necesitaba leer la Biblia para recordar el relato del profeta Ezequiel (1:4-28), donde explica su visión de extraños seres que muchos interpretaban como un encuentro con extraterrestres y su nave de transporte.

Pero Ernetti nada más agregaba. El mayor de los hermanos Cavalieri no tenía ninguna duda sobre la figura y la grandiosidad de lo realizado por Jesucristo en la tierra, pero pudo percibir, a través de las palabras de Ernetti, que se habrían alterado partes de la Historia Sagrada por el propio interés de algunos, y algunas imágenes obtenidas con el cronovisor dejarían en evidencia esas alteraciones.

En los documentos oficiales de la investigación, cuyas conclusiones Camillo Cavalieri había entregado a las autoridades de la Santa Sede, no se incluían los manuales y los planos del cronovisor. Estos habían sido incorporados al informe que se había mantenido en secreto durante años en un banco de Suiza.

Donato continuó leyendo y, en otro compartimento casi oculto, descubrió otras fotografías y tres antiguas cintas de grabación de audio, junto a las explicaciones de su hermano de presuntos hechos históricos del siglo XX. Varias imágenes eran de sitios y personas que, en su conjunto, nada decían, pero que explicadas sobre el lugar, el momento y los personajes, adquirían verdadera relevancia. El investigador reconocía que no podía asegurar la autenticidad de las fotografías, ya que no podía entregarlas a ningún experto para que las analizara.

El hermano menor miró por la ventana de aquel modesto hostal de Venecia y después observó de nuevo aquel grueso informe. ¿Qué debía hacer con los planos del cronovisor? ¿Entregarlos al Vaticano? No, porque si realmente funcionaba, lo volverían a hacer desaparecer o, quizá, lo utilizarían en beneficio propio de la misma forma que los estadounidenses lo buscaban para perfeccionar su propia máquina. ¿Quién en el mundo tendría la suficiente grandeza personal para utilizarlo en provecho de la humanidad? «Nadie», pensó. Era algo demasiado peligroso, quien poseyera esos planos tendría el poder del mundo en sus manos. Entonces, llegó a la conclusión de que lo mejor era destruirlos, aunque las imágenes del pasado y las grabaciones de sonido, ya existentes, podrían servir de mucho.

Las fotografías y las cintas de audio se las entregaría a la hermana Agustina. El profesor Eugene Geiser y la Comunidad sabrían qué destino debían darles. Ellos podrían analizarlas y, tal vez, descubrir si las imágenes y las voces eran auténticas o no.

La última fotografía era de un hombre sentado a una mesa escribiendo. Le dio la vuelta para conocer qué hecho histórico representaba. No había ningún rótulo como en las demás, sino un texto escrito que ocupaba toda la parte trasera de la fotografía. Era la caligrafía de su hermano. Guardó la fotografía entre la camisa y el pecho, tomó el informe y, finalmente, salió de la habitación.

Ya había tomado una decisión y no podía perder tiempo. Subió las escaleras en dirección a la azotea. Al final del último tramo, tal como esperaba, había una trampilla en el techo. La abrió y salió al tejado, se trataba de una azotea plana que remataba en una cornisa con tejas. El viento era intenso y las luces de la ciudad se reflejaban en las nubes que anunciaban la lluvia.

Pensó en quemar el informe, pero le pareció demasiado aparatoso. Decidió guardar los escritos sobre temas personales, pero los planos y el manual del cronovisor los destruiría.

Era tal el desasosiego y la angustia que en ese instante cambió de parecer y pensó que todo no podría quedar así. ¿Quién era él para decidir destruir los planos del cronovisor si su hermano no lo había hecho y se los había enviado? ¿Qué pretendía Camillo que hiciera con ellos? Nada le indicaba en sus escritos.

La firme decisión de destruirlos, pensó, no era la mejor solución. Volvió a doblar los planos y guardó en un bolsillo las últimas fotografías encontradas en el maletín e imaginó lo que ocurriría en Estados Unidos si se conocieran las imágenes obtenidas por el cronovisor de Ernetti en la plaza Dealey, en Texas, el día de 1963 en que asesinaron a John F. Kennedy y que demuestran claramente que hubo tres asesinos que dispararon contra el presidente, mientras que la versión oficial norteamericana de un solo asesino había sido una falsedad. También, según decía su hermano Camillo en el informe, se cumplía la profecía del papa Juan XXIII, quien había vaticinado en 1935, año en el que la escribió, que serían tres ejecutores los asesinos del mandatario estadounidense.

Una parte de esa profecía era increíble por su exactitud y, además, aparecía ahora avalada por tres fotografías del aparato de Ernetti que mostraban la ubicación de los asesinos en el momento del atentado.

Juan XXIII había profetizado:

> Caerá el presidente y caerá el hermano. Entre los dos, el cadáver de la estrella inocente. Hay quien sabe. Preguntad a la primera viuda negra y al hombre que la llevará al altar en la isla.
>
> Sus secretos están en las armas, en el crimen. Y son secretos de quien no estaba en Núremberg.
>
> Serán tres quienes disparen contra el presidente. El tercero de ellos estará entre los tres que atacarán al segundo.

Indudablemente, el Sumo Pontífice, con muchos años de antelación, había vaticinado el asesinato de John

F. Kennedy y, después, el de su hermano Robert. El cadáver de la estrella inocente sería el de Marilyn Monroe, de quien se dijo que tuvo relaciones con ambos hombres y que murió antes de los asesinatos de los dos hermanos. En un primer momento, hubo sospechas de que la actriz hubiera sido objeto de un crimen para lograr su silencio, aunque todo quedó certificado oficialmente después como un suicidio.

La viuda negra no sería otra que Jacqueline Bouvier, la que después se casaría con Onassis en la isla griega de Skorpios.

Pero el papa Roncalli acusaba y denunciaba: «Hay quien sabe. Preguntad a la primera viuda negra y al hombre que la llevará al altar en la isla».

Si ambos, Onassis y Jacqueline, sabían realmente las causas de la muerte de los Kennedy, guardaron silencio a lo largo de toda su vida y se llevaron el secreto a la tumba.

Donato recordó la innumerable cantidad de mentiras y de falsas profecías sobre las fechas del fin del mundo vaticinadas a través de los tiempos. Incluso por los Testigos de Jehová, quienes, afortunadamente, hasta el momento nunca habían acertado con sus premoniciones. Lógicamente, como ya habían perdido toda su credibilidad, se aferraban a las profecías de otros. ¿Cómo creer en los vaticinios de quienes demuestran una irracionalidad extrema que prohíbe a sus fieles las transfusiones de sangre basándose en una interpretación errónea de uno de los libros del Antiguo Testamento?, se cuestionaba el sacerdote.

No quería seguir pensando, tenían que marcharse de allí.

Regresó a la habitación y encontró a Agustina despierta, sentada en la cama y con lágrimas en los ojos.

—¿Qué ocurre? —preguntó Donato sentándose a su lado.

—Todo... Jamás pensé que podrían llegar a este extremo, a asesinar para conseguir sus propósitos, siendo gente que se autodenomina cristiana... —respondió la exmonja y rompió a llorar—. No puedo más...

Donato no sabía qué hacer, solo atinó a abrazarla en un gesto instintivo de consuelo. Ella se dejó abrazar y se aferró a él con fuerza. La mujer levantó la cabeza y sus rostros quedaron frente a frente, demasiado próximos. Agustina le acarició la mejilla y simplemente dijo «gracias»...

Cavalieri, totalmente vencido, retuvo la mano de la mujer y luego, atrayéndola hacia sí, besó sus labios. Ella correspondió el gesto con inusitada pasión. En ese momento, ninguno de los dos estaba para cuestionarse nada.

La luz del amanecer que se filtraba por la ventana del hotel iluminaba el lecho donde un hombre y una mujer desnudos se aferraban desesperadamente al momento que estaban viviendo. Nunca, ni entonces ni después, habría preguntas entre ambos sobre lo que allí estaba ocurriendo.

A media mañana abandonaron el hotel. Donato extrajo los documentos, las fotografías y las grabaciones de su hermano, las colocó en un amplio sobre de envíos postales y escribió un destinatario en Roma donde luego lo recogería y lo despachó desde una oficina de correos de Venecia. No quería viajar teniendo en su poder el dosier.

De vuelta en el Vaticano

Donato Cavalieri y la hermana Agustina cruzaban la plaza de San Pedro en dirección al despacho de monseñor Franco Moretti, que estaba en una calle cercana.

No advirtieron a los dos hombres que, simulando conocerles, les cortaron el paso. Ambos vestían trajes negros con el alzacuello blanco típico de sacerdotes. Uno le abrazó mientras dibujaba una falsa sonrisa en el rostro.

—No se muevan, no hagan ni un solo movimiento extraño y vengan con nosotros si quieren volver a ver con vida a su amigo Rafael Menéndez —les ordenó uno de los hombres.

—¿Dónde está? ¿Qué le han hecho? —dijo Donato, tratando de aparentar calma.

—Por ahora, nada, pero si no vienen con nosotros, le puede ocurrir algo malo —confirmó el otro individuo.

Donato sabía que ir con ellos podía significar un viaje sin retorno. Estaban a pocos metros del despacho de Moretti y no podrían llegar. Su mente trabajaba a mil por hora buscando una solución y, en ese momento, comprendió que el sacrificio debía ser suyo y así poder salvar a la hermana Agustina. Entonces, decidido, habló.

—Yo les acompañaré —musitó, pensando que debía hacerlo para intentar salvar también a Rafael Menéndez—, pero ella se quedará aquí.

—No, yo iré también; Rafael es mi responsabilidad —intervino la exmonja.

—Vendrán los dos, o no habrá trato y su amigo pagará las consecuencias... —recalcó uno de los hombres.

Donato, comenzando a pisar terreno firme, miró desafiante a los supuestos sacerdotes.

—Deben de estar desesperados al arriesgarse a interceptarnos en plena plaza de San Pedro. Algo no ha salido como pretendía su jefe el obispo Benton. Un escándalo en este lugar, si nosotros nos resistimos ante cientos de personas, sería un suicidio para ustedes: fracasarían en su misión y tendrían que matarnos aquí delante de toda la gente que hay en la plaza... ¿Me comprenden?

Los dos hombres se miraron entre sí con desconcierto.

—Además, como pueden observar, no tenemos en nuestro poder lo que buscan... Eso ya está a buen recaudo. Yo iré con ustedes, pero ella, no —declaró con firmeza.

Uno de los aludidos sacó un teléfono móvil, marcó y habló con alguien que Donato supuso que sería Benton. Cuando terminó la conversación, les dijo:

—Si no vienen los dos, ya se han dado las órdenes para acabar con su compañero Menéndez y les aseguro que no son nada agradables. ¿Lo quieren volver a ver con vida o no? —les preguntó el que acababa de hablar por teléfono.

—No le hagan ningún daño —intervino Agustina—. Iremos con ustedes.

—Bien, continúen andando a nuestro lado como si fuéramos viejos conocidos. Nos están esperando a dos calles de aquí.

Cavalieri no estaba dispuesto a arriesgar la vida de la religiosa y, mientras caminaban por la plaza en medio de la gente, vio la oportunidad de cambiar las cosas sin generar un escándalo.

Al momento de cruzarse con un numeroso grupo de monjas que visitaban el Vaticano, evidentemente extranjeras ya que iban con otra religiosa que intentaba explicar detalles del lugar hablando en español y leyendo una guía turística, encontró la ocasión y les habló en voz alta:

—Buenos días, hermanas, soy el padre Donato Cavalieri y trabajo aquí en la Santa Sede. ¿Es la primera vez que visitan el Vaticano?

—Buenos días, padre —respondió la que ejercía como guía improvisada—. Sí, es la primera vez, hemos venido desde América del Sur y estamos un poco ansiosas por conocer todo en el poco tiempo que tenemos para visitar Roma.

—Pues les ayudaremos. Aquí la hermana Agustina, si les parece bien, les acompañará y les explicará cada lugar y cada detalle —propuso Donato.

—No puede hacerlo —dijo uno de los hombres en voz baja.

—Claro que puedo —le contestó Donato a media voz—, será peor si ustedes organizan un escándalo delante de tanta gente tratando de impedir que la hermana se vaya.

Agustina le miró con desesperación, comprendió el sacrificio que quería hacer el joven sacerdote, pero no debía contradecirle y aceptó irse con el grupo de monjas. Al alejarse, volvió la mirada para ver a Cavalieri, que le respondió con una sonrisa.

Al quedar a solas con Donato, uno de los enviados de Benton le advirtió con dureza:

—Lo que ha hecho es una tontería; ha firmado la sentencia de muerte de su amigo —dijo, y retomaron la marcha.

La cuenta final

El cardenal Jameson miraba sin ver a través del amplio ventanal del despacho que Moretti utilizaba para reunirse fuera del ámbito de su trabajo secreto; sus pensamientos estaban muy lejos de allí. Esperaba ansiosamente la entrevista que iba a mantener con el hombre fuerte del espionaje del Vaticano, que ya se retrasaba unos minutos.

Era mucho lo que estaba en juego, y un paso en falso desmoronaría todo lo que tanto les había costado construir. Las intempestivas acciones del obispo Benton estaban teniendo temibles consecuencias. Sus actitudes fuera de control le estaban trayendo problemas a la Orden, donde los errores no se perdonaban.

Sabía que le someterían a un desagradable interrogatorio, pues Benton estaba bajo sus órdenes. No le importaba tener que declarar ante la policía italiana, su máxima preocupación se centraba en la investigación que realizarían los servicios de inteligencia de la Santa Sede. Allí se enfrentaría a su principal enemigo, monseñor Franco Moretti, con toda seguridad regocijándose en las tortuosas preguntas que él mismo efectuaría para humillarle.

Sabía que se había convertido en un cardenal prescindible para la Orden y que su silencio era la mejor estrategia que podía utilizar. No diría nada en el interrogatorio, asumiría todas las culpas y, entonces, el secreto de la organización estaría a buen recaudo. A fin de cuentas, él estaba irremisiblemente condenado.

Los conspiradores de su grupo ya estaban ubicados en cargos de poder dentro de la Santa Sede, y se seguirían oponiendo a las reformas que muchos buscaban para modernizar la Iglesia católica.

Reconocía que mucho se había hecho sin medir las consecuencias y que ese podría ser el error que les había dejado expuestos ante sus enemigos, los satánicos reformistas. Aunque mantenía la esperanza de que él, como uno de los fundadores de la Orden, podría seguir actuando desde las sombras.

Tuvo que abandonar sus pensamientos cuando la puerta se abrió para dar paso a monseñor Moretti, quien le saludó respetuosamente con una amplia sonrisa. El hombre de la inteligencia y el espionaje del Vaticano le invitó a sentarse. Jameson tenía el firme propósito de declararse único culpable de las acciones del obispo Benton. De esa manera, la Orden quedaría fuera de toda sospecha.

—Eminencia —comenzó a hablar Moretti—, antes de que usted realice sus declaraciones, debo anunciarle con total honestidad que conocemos todas las actividades del grupo que ustedes denominan la Orden. En este momento, por mandato directo de Su Santidad, estamos procediendo a detener a todos los miembros de esa Orden e inmediatamente serán destituidos de sus cargos en la Santa Sede —dijo ante el asombro del purpurado. Moretti continuó—: Y cuando digo todos los miembros de esa Orden, me refiero a la totalidad de sus integrantes, a los que ya tenemos identificados. Ni siquiera necesitamos que usted corrobore sus nombres —concluyó esperando una respuesta que nunca llegó.

El cardenal bajó la mirada compungido, ni siquiera pudo articular una palabra. Comprendió que había llegado el final.

En ese momento, un secretario entró en la sala y le comunicó al jefe de la inteligencia que debía hablar con él en privado. Moretti se ausentó junto a su ayudante y, al cabo de varios minutos, regresó y se dirigió al viejo cardenal de manera clara y concisa:

—Acabo de recibir una información sobre uno de mis hombres de confianza; el padre Donato Cavalieri parece estar en una situación incómoda junto a un colaborador, Rafael Menéndez —le informó Moretti con severidad—. Ahí tiene un teléfono, llame a quien tenga que llamar para que les liberen de forma inmediata y sin ningún daño físico. En caso contrario, le haré responsable de la vida de ambos y lo entregaré a la policía. Un triste fin para un cardenal de Roma..., ¿no le parece?

—¿Dónde está el teléfono? —preguntó el cardenal.

—Allí, al lado de mi escritorio. Usted no saldrá de aquí hasta que Cavalieri y Menéndez estén a salvo. Puede elegir su destino: salir por esa puerta sin ningún cargo y renunciar, o detenido como un vulgar delincuente.

El cardenal se dirigió al teléfono y marcó el número de su contacto en la Orden.

En algún lugar de Roma

El automóvil conducido por uno de los captores de Cavalieri llegó hasta una vieja finca en los aledaños de la ciudad. Donato llevaba colocada una capucha que le impedía ver el camino que habían recorrido.

El vehículo detuvo la marcha y, ayudado por uno de los hombres, el sacerdote se apeó y fue empujado con violencia hasta el interior de la vivienda. Allí le quitaron la capucha.

Todo estaba siendo realizado en silencio hasta que el secuestrado preguntó:

—¿Y ahora qué? ¿Dónde tienen a Rafael Menéndez?

Ninguno de los hombres respondió.

Donato miró alrededor y observó la espaciosa sala donde estaban: era lujosa y decorada con muebles de época.

Una puerta se abrió y apareció la desagradable figura del obispo Benton.

—Usted —gritó el recién llegado— le ha hecho un daño irreparable a nuestra Orden, pero ahora lo compensará entregándonos los documentos que contienen las investigaciones de su hermano.

—No los tengo en mi poder… —fue la escueta contestación del cura.

—Pues deberá hacerlos aparecer si quiere volver a ver con vida a su amigo Menéndez —le advirtió el obispo—. Hemos sido descubiertos, la monja que le acompañaba nos debe de haber denunciado y ahora ya no tengo nada que perder, pero esas investigaciones de su hermano nos permitirán poder negociar.

—Negociar la impunidad, ¿verdad? —le interrumpió Donato—. Usted es un asesino que carece de piedad, ya lo demostró asesinando a mi hermano. Es lo que hará luego conmigo y con Menéndez…, matarnos.

Benton no tuvo tiempo de responder, uno de sus ayudantes entró en la sala con el rostro desencajado.

—Obispo, hay una llamada urgente para usted… en su despacho.

—Ahora no puedo atender a nadie, no importa quién sea —respondió Benton.

—Disculpe, señor, pero ya nos han dado instrucciones precisas sobre lo que debemos hacer y ahora solo quieren hablar con usted, creo que debería escuchar lo que quieren decirle. Es importante.

El obispo comprendió que algo no andaba bien y salió presuroso a atender la comunicación telefónica.

Los tres hombres que quedaron en la sala junto a Cavalieri se apartaron un instante para hablar entre ellos en voz baja.

Donato no entendía qué estaba ocurriendo, pero empezó a comprenderlo cuando al cabo de unos minutos vio aparecer a Benton con la ira reflejada en su rostro.

—Ahora pretenden que les deje ir sin más, pero no pienso hacerlo. Yo no me rendiré. Si ellos han negociado para salir bien parados es cosa suya; yo estoy verdaderamente al servicio del Señor y Él quiere que continúe su obra en la tierra —les dijo a sus hombres, ya totalmente fuera de control—. Llevad a Cavalieri a los sótanos y obtened la información, a la fuerza si es necesario —ordenó.

Los hombres que estaban bajo su mando se miraron significativamente entre ellos y uno se atrevió a rebatirle:

—Obispo, nosotros pertenecemos a la Orden, como usted, y nuestros superiores, que también son sus jefes, nos han ordenado liberarlos. Y eso es lo que vamos a hacer.

Benton les miró con el odio reflejado en su rostro.

—¡Traidores! ¡Eso es lo que sois! Salid de aquí inmediatamente, es una orden —vociferó en el colmo de su desesperación.

—Usted ya no da las órdenes, señor. Por indicación del cardenal Jameson, le relevamos en este mismo momento de su cargo —replicó uno de los subordinados, para después indicar a sus compañeros—: Detenedlo inmediatamente y sacadlo de aquí.

Con celeridad, los hombres lo agarraron con fuerza y procedieron a arrastrarle fuera de la sala. Benton no cesaba de gritar y amenazar.

—¡Recibiréis el castigo divino, Dios está de mi lado!... Arrodillaos y pedidme perdón. ¡Sacrílegos! Yo soy el enviado del Señor. Soltadme, os lo ordeno —gritaba en pleno delirio místico que le hacía traspasar las fronteras de la razón, pero nadie atendió sus amenazas.

Uno de los hombres se acercó a Cavalieri y le informó:

—Están trayendo a Menéndez hacia aquí. No se preocupe, está sano y salvo y les llevaremos de vuelta al Vaticano.

Donato había sido mudo testigo de lo ocurrido, y se dio cuenta de que la hermana Agustina había cumplido con su misión de informar al jefe de la inteligencia de la Santa Sede.

Unos minutos después, se abrió una puerta y apareció Rafael con signos evidentes de maltrato. Un ojo bastante inflamado era prueba irrefutable de los golpes recibidos. Los dos amigos se fundieron en un interminable abrazo.

Pronto les indicaron que debían acompañarles, y ambos salieron de la habitación en dirección al automóvil que les llevaría de regreso al Vaticano.

En los sótanos de la finca, el obispo Benton había sido atado a una silla de hierro. Su altanería, pero más su locura ya descontrolada, no le permitía entender la situación en la que se encontraba. Dos de los miembros de la Orden, a su lado, le vigilaban en silencio.

—¡Liberadme inmediatamente, lo exijo! —gritaba desesperado—. Soy vuestro jefe...

Unos de los hombres que había estado bajo sus órdenes se acercó a él.

—No lo entiende, ¿verdad? Hemos sido descubiertos y nuestros superiores negocian en este momento las condiciones más favorables para no recibir un castigo demasiado duro.

—Comprendo que me han traicionado —vociferó el obispo—. Desatadme y huyamos de aquí.

—No, no lo ha comprendido. Nosotros sí nos iremos, pero usted no va a salir de aquí. Tenemos órdenes precisas. Usted es demasiado peligroso, inestable e impredecible. Nuestros superiores consideran que es un caso perdido, que está fuera de control y que su presencia impediría un buen arreglo con el Vaticano. ¿Ahora me comprende? Es muy sencillo, debe desaparecer sin dejar rastro —le explicó mientras su otro compañero le sujetaba con fuerza.

Epílogo
La única imagen del genio

La fotografía muestra a un hombre sentado frente a una mesa, no se ve la silla, el cronovisor tiene la capacidad de registrar solo los puntos donde hay más energía. No es la energía de una luz, es una especie de tensión, de fuerza.

La cabeza del hombre está recostada sobre la palma de la mano, el codo apoyado sobre la tabla. Está escribiendo. El cronovisor ha registrado toda la energía de la mano que no escribe, la que sujeta la mejilla donde descansa la cabeza. La mano que escribe puede verse con nitidez, es la mano de un hombre maduro, sujeta la pluma con soltura en ese equilibrio imposible que es escribir, ni tan fuerte que se rasgue el papel ni tan débil que la tinta no se marque. En ese límite se escribe, pero el papel no responde, no reacciona de ningún modo.

La mano que sostiene la cabeza está doblada por la muñeca. El rostro del hombre solo se adivina, hay muy poca intensidad en el rostro, que no es lo importante. La fotografía muestra a Newton trabajando, escribiendo los

Philosophiae Naturalis Principia Mathematica, ignora en qué punto estará.

Sabe que los escribió y culminó una hazaña, una gesta en busca de la explicación del mundo, seguramente no de la verdad.

En ese libro se describe por qué se mueven los cuerpos, los de aquí y los que hay más allá de la atmósfera. Newton sabe por qué y no parece sentirse orgulloso. En cualquier caso, piensa Cavalieri, los cuerpos no esperaron a que Newton descubriera las leyes que rigen su movimiento. Se mueven y el movimiento de unos afecta a los otros, a veces hay colisiones, a veces roces, en ocasiones los cuerpos se alejan pero no pueden evitarlo.

El joven sacerdote toma en sus manos el libro de Newton, una impresión realizada en Roma en 1951. Lee en voz alta una breve parte del mismo: «Con toda acción ocurre siempre una reacción igual y contraria: o sea, las acciones entre dos cuerpos siempre son iguales y dirigidas en direcciones opuestas».

La mano que no escribe, como se aprecia en la imagen, es la importante; si se retira, entonces todo se acaba.

Para Donato Cavalieri, nada culmina. Conoce demasiados secretos, como su hermano, tuvo acceso a ellos en su momento, pero debió guardar silencio y eso le costó la vida.

Supone que en cualquier momento alguien aparecerá intentando arrancarle esos secretos, y que siempre existirán enemigos dispuestos a llegar hasta las últimas consecuencias.

Ha renunciado al sacerdocio, pero no a su fe en Dios; solo ha dejado de creer definitivamente en quienes se dicen servidores del Señor. Se marchará de Roma y sabe que nunca regresará, no tendría ningún sentido hacerlo. La fe no está allí, la fe se encuentra en el sitio que uno elija para vivir, aunque sea el más humilde e inhóspito del mundo, piensa. Solo hace falta creer y él sigue creyendo en los principios que le llevaron a ser sacerdote. Además, su viejo y querido mentor, Giacomo Varelli, ha muerto en un hospital de Roma y le queda el dolor de no haber estado junto a él en sus últimos momentos.

Su vida no tendrá sosiego de ahora en adelante. En cualquier lugar, en cualquier momento, puede recomenzar la cacería y sabe que él será la codiciada presa, aunque ahora cuente con la ayuda de la hermana Agustina y la Comunidad.

No duda de que le encontrarán, pero no tiene miedo, su fe en Dios se ha fortalecido y sabe que desde las alturas alguien le estará protegiendo. Su camino comienza ahora.

No quiere seguir pensando, así que coge su maleta y se dispone a ir en busca de Agustina y de Rafael Menéndez, que le esperan para partir juntos hacia algún lugar. Sale a la calle y siente que está cumplida la que había fijado como una de las metas de su vida: restablecer el buen nombre de su hermano.

Pero aún falta algo por resolver; en uno de los escritos de Camillo está la indicación clara y concisa para llegar a determinado lugar en Israel donde están resguardadas otras fotografías y grabaciones de sonido del cronovisor que su hermano pudo obtener y que, según aseguraba el sacerdote asesinado, podrían cambiar la historia del mundo relacionándolas directamente con la profecía de Newton.

Donato irá en su búsqueda; su misión aún está incompleta.

No lejos de allí, en una sala de la Santa Sede, dos cardenales esperan la llegada del Sumo Pontífice para hacerle entrega del informe sobre el proyecto que se acaba de reactivar.

—Finalmente hemos logrado hacerla funcionar —dice el cardenal de mayor edad a su colega.

—Sí, pero las imágenes obtenidas no creo que sean de su agrado. Pueden provocar un escándalo —asegura el más joven.

—En definitiva —reflexiona el mayor en voz alta—, Su Santidad será quien decida qué debemos hacer con la máquina y las imágenes. —Ambos se sientan a esperar.

Anexo documental

Las setenta semanas*

Aún estaba yo hablando y orando —confesando mi pecado y el pecado de mi pueblo, Israel, presentando mi ruego delante de Jehová mi Dios por el santo monte de mi Dios—; aún estaba hablando en oración, cuando Gabriel, el hombre al cual yo había visto en visión al principio, voló rápidamente y me tocó, como a la hora del sacrificio del atardecer.

Vino y habló conmigo diciendo: Daniel, ahora he venido para iluminar tu entendimiento.

Al principio de tus ruegos salió la palabra, y yo he venido para declarártela, porque tú eres muy amado. Entiende, pues, la palabra y comprende la visión:

Setenta semanas están determinadas sobre tu pueblo y sobre tu santa ciudad, para terminar con la transgresión, para acabar con el pecado, para expiar la iniquidad, para traer la justicia eterna, para sellar la visión y la profecía, y para ungir el lugar santísimo.

---

* Profecía de las setenta semanas, Libro de Daniel (27:9:20-27)

Conoce, pues, y entiende que desde la salida de la palabra para restaurar y edificar Jerusalén hasta el Mesías Príncipe, habrá siete semanas, y sesenta y dos semanas; y volverá a ser edificada con plaza y muro, pero en tiempos angustiosos.

Después de las sesenta y dos semanas, el Mesías será quitado y no tendrá nada; y el pueblo de un gobernante que ha de venir destruirá la ciudad y el santuario. Con cataclismo será su fin, y hasta el fin de la guerra está decretada la desolación.

Por una semana él confirmará un pacto con muchos, y en la mitad de la semana hará cesar el sacrificio y la ofrenda. Sobre alas de abominaciones vendrá el desolador, hasta que el aniquilamiento que está decidido venga sobre el desolador.

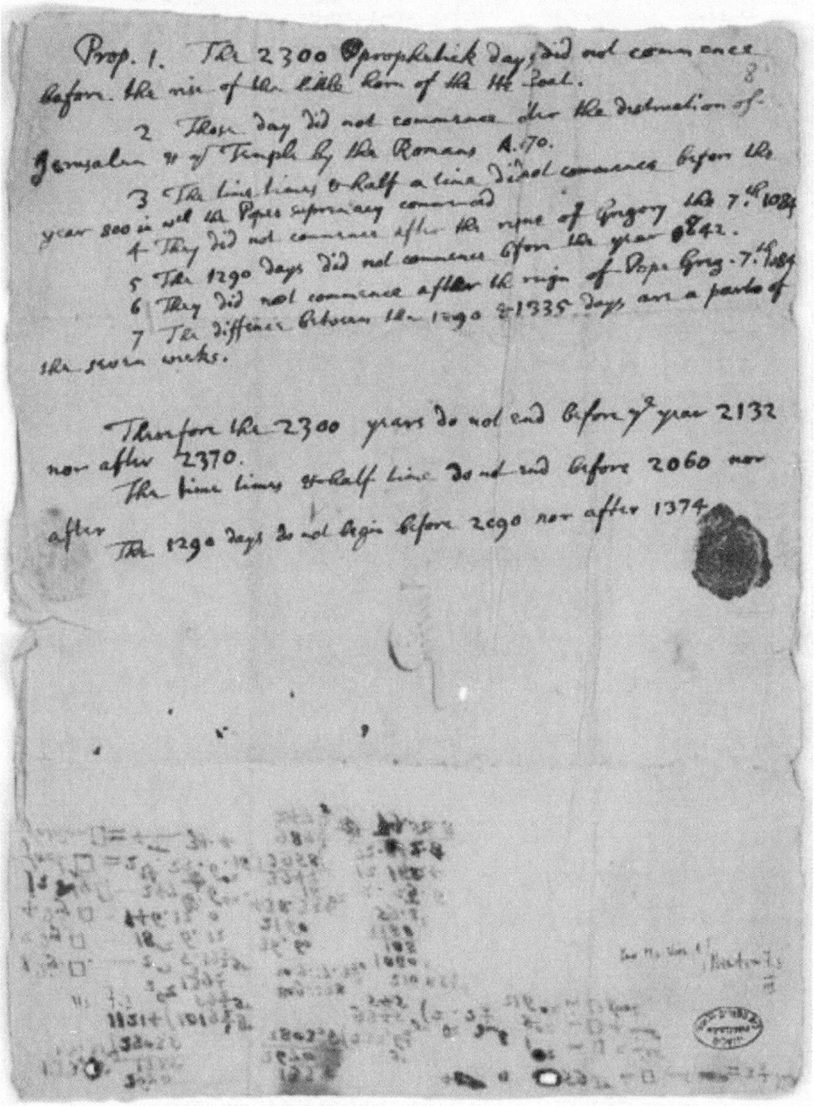
Prop. 1. The 2300 prophetick days did not commence before the rise of the little horn of the He Goat.
2 Those day did not commence after the destruction of Jerusalem & of Temple by the Romans A. 70.
3 The time times & half a time did not commence before the year 800 in wch the Popes supremacy commenced
4 They did not commence after the reign of Gregory the 7th 1084
5 The 1290 days did not commence before the year 842.
6 They did not commence after the reign of Pope Greg. 7th 1084
7 The difference between the 1290 & 1335 days are a parts of the seven weeks.
Therefore the 2300 years do not end before ye year 2132 nor after 2370.
The time times & half time do not end before 2060 nor after
The 1290 days do not begin before 2090 nor after 1374

Uno de los manuscritos de Newton donde vaticina el fin del mundo a partir del año 2060 (Universidad Hebrea de Jerusalén).

Sobre el cronovisor

El caso del cronovisor lo dio a conocer en el año 1972 el padre Pellegrino Ernetti, que concedió una entrevista al semanario italiano *La Domenica del Corriere* en la que afirmó haber participado en el proceso de creación de esta máquina del tiempo.

Pellegrino Ernetti no dudaba en anunciar que habían inventado la forma de fotografiar el pasado.

En julio de 1965, en una revista religiosa francesa, *L'Heure d'Etre,* y en enero de 1966, en la publicación *Civiltá delle Macchine,* el sacerdote italiano habló del invento, pero eran medios de escasa difusión y la noticia pasó desapercibida hasta que apareció en *La Domenica del Corriere* el 2 de mayo de 1972.

El padre Ernetti nunca dio detalles técnicos de la máquina, pero sí habló de los logros. Aseguró haber fotografiado las Tablas de la Ley, la destrucción de Sodoma y Gomorra, un discurso de Mussolini o la crucifixión de Cristo, entre otros hechos históricos.

El sacerdote era un respetado historiador de la música antigua, físico y también exorcista y afirmaba haber desarrollado el cronovisor durante la década de 1950 junto a doce renombrados científicos entre quienes se encontraban —presuntamente— Enrico Fermi y Wernher Von Braun, además de otros que habrían preferido permanecer en el anonimato. Por lo poco que se sabe sobre el invento, este consistiría en numerosas antenas, tres compuestos de metales «misteriosos», que recibían señales de luz y sonido en cada longitud de onda, un «buscador de dirección» para el ajuste de un tiempo y lugar determinados, una pantalla y un dispositivo de grabación, entre otros elementos secretos, aunque también se habla de otros presuntos dispositivos para la captación de imágenes.

También aseguraba que el equipo de científicos que trabajaba en el proyecto desde hacía muchos años esperaba que el cronovisor se patentara por parte de algún Estado, y por tal motivo no se podía hablar sobre la estructura del invento hasta que no estuviera debidamente registrado, aunque creía que Italia no lo aprobaría y que tal vez otros países como Estados Unidos, Rusia o finalmente Japón sí lo harían.

Estaba convencido de que esa máquina podría provocar una tragedia universal porque saldrían a la luz muchas verdades ocultas que cambiarían la historia del mundo y las consecuencias serían dos: o la autodestrucción de la humanidad o una cosa más difícil: el nacimiento de una nueva moral.

Ernetti finalmente denunció que la Santa Sede se apropió de todas las investigaciones y logros respecto a la máquina, haciendo desaparecer las pruebas, las presuntas imágenes logradas con el aparato y los planos del invento.

Aseguraba que las autoridades del Vaticano, temerosas por lo que podrían provocar ante el mundo las imágenes del pasado captadas por la máquina, ordenaron desmantelar de inmediato el cronovisor y rotularon el asunto como «ultrasecreto».

ESCLUSIVO Un giornalista dice: "Ho le prove di un'eccezionale

Inventata la macchina che fotografa il passato

Siamo al di là delle più avanzate ipotesi della fantascienza. Lo conferma un monaco benedettino, padre Pellegrino Ernetti, che assieme a un gruppo di dodici fisici sarebbe riuscito a realizzare un complesso di apparecchiature che consentono di ricostruire immagini, suoni e avvenimenti accaduti centinaia e centinaia di anni fa. Tra l'altro la macchina avrebbe "captato" dallo spazio il vero volto di Cristo mentre era ancora vivo sulla croce. Padre Ernetti dichiara: "Gli americani stanno tentando anche loro di scoprire quello che noi abbiamo già scoperto. Allora avremo la controprova e la conferma dei nostri risultati"

Servizio di VINCENZO MADDALONI

Roma.

Le immagini combaciano in molti punti con la Sindone

Entrevista al sacerdote Pellegrino Ernetti, *La Domenica del Corriere* (1972).

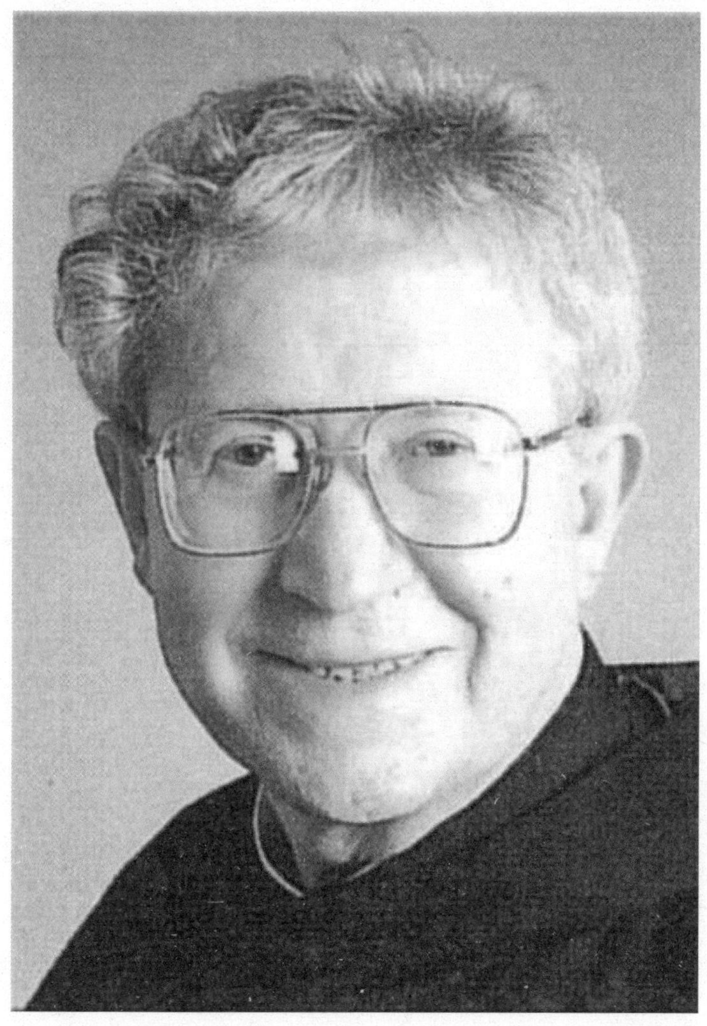

El padre Marcello Pellegrino Ernetti (1925, Rocca Santo Stefano - 1994, Isla de Santo Giorgio, Venecia).

Índice

El presente 9
Ciudad del Vaticano, diciembre de 1983 13
Los protestantes se sublevan 17
El espía de Su Santidad 19
Un sacerdote de Dios 23
Las profecías de Juan XXIII 27
Una nueva misión 35
Luz de alarma 39
En Nápoles 43
La reunión secreta 45
Nápoles, 2003 51
Ciudad del Vaticano, 7 de mayo de 2010 53
La revelación 57
El arrepentimiento del agente secreto 73
En el camino correcto 75
Hacia Estados Unidos 79
Isaac Newton, la profecía y Camillo Cavalieri 83
El principio del camino 93
En Roma 99

Un día de paseo 101
La Orden 113
Una situación complicada 117
Una llamada desde Roma 129
La Comunidad 133
Desaparecido 137
Sor Agustina 141
El sacerdote perdido 145
Newton, mensajes del pasado 149
Escándalo en Roma 157
Las monjas rebeldes 165
Newton lo sabía 171
Un informe, dos posturas divergentes 175
Proyecto «La mano del matemático» 179
Una imagen del pasado 187
Los conspiradores 195
El momento de la despedida 199
La huida 201
En Venecia 205
La hora de las decisiones 217
De vuelta en el Vaticano 229
La cuenta final 233
En algún lugar de Roma 237
Epílogo. La única imagen del genio 243

ANEXO DOCUMENTAL 247
Las setenta semanas 249
Sobre el cronovisor 253

Suma de Letras es un sello editorial del Grupo Santillana

www.sumadeletras.com/mx

Argentina
Avda. Leandro N. Alem, 720
C 1001 AAP Buenos Aires
Tel. (54 114) 119 50 00
Fax (54 114) 912 74 40

Bolivia
Calacoto, calle 13, 8078
La Paz
Tel. (591 2) 279 22 78
Fax (591 2) 277 10 56

Chile
Dr. Aníbal Ariztía, 1444
Providencia
Santiago de Chile
Tel. (56 2) 384 30 00
Fax (56 2) 384 30 60

Colombia
Carrera 11 A, n.º 98-50. Oficina 501
Bogotá. Colombia
Tel. (57 1) 705 77 77
Fax (57 1) 236 93 82

Costa Rica
La Uruca
Del Edificio de Aviación Civil 200 m al Oeste
San José de Costa Rica
Tel. (506) 22 20 42 42 y 25 20 05 05
Fax (506) 22 20 13 20

Ecuador
Avda. Eloy Alfaro, 33-3470 y Avda. 6 de Diciembre
Quito
Tel. (593 2) 244 66 56 y 244 21 54
Fax (593 2) 244 87 91

El Salvador
Siemens, 51
Zona Industrial Santa Elena
Antiguo Cuscatlan - La Libertad
Tel. (503) 2 505 89 y 2 289 89 20
Fax (503) 2 278 60 66

España
Avenida de los Artesanos, 6
28760 Tres Cantos (Madrid)
Tel. (34 91) 744 90 60
Fax (34 91) 744 92 24

Estados Unidos
2023 N.W 84th Avenue
Doral, FL 33122
Tel. (1 305) 591 95 22 y 591 22 32
Fax (1 305) 591 74 73

Guatemala
26 Avda. 2-20
Zona 14
Guatemala C.A.
Tel. (502) 24 29 43 00
Fax (502) 24 29 43 03

Honduras
Colonia Tepeyac Contigua a Banco Cuscatlan
Boulevard Juan Pablo, frente al Templo
Adventista 7º Día, Casa 1626
Tegucigalpa
Tel. (504) 239 98 84

México
Avda. Río Mixcoac, 274
Colonia Acacias
03240 Benito Juárez
México D.F.
Tel. (52 5) 554 20 75 30
Fax (52 5) 556 01 10 67

Panamá
Vía Transísmica, Urb. Industrial Orillac,
Calle Segunda, local 9
Ciudad de Panamá
Tel. (507) 261 29 95

Paraguay
Avda. Venezuela, 276,
entre Mariscal López y España
Asunción
Tel./fax (595 21) 213 294 y 214 983

Perú
Avda. Primavera, 2160
Surco
Lima 33
Tel. (51 1) 313 40 00
Fax. (51 1) 313 40 01

Puerto Rico
Avda. Roosevelt, 1506
Guaynabo 00968
Puerto Rico
Tel. (1 787) 781 98 00
Fax (1 787) 782 61 49

República Dominicana
Juan Sánchez Ramírez, 9
Gazcue
Santo Domingo R.D.
Tel. (1809) 682 13 82 y 221 08 70
Fax (1809) 689 10 22

Uruguay
Juan Manuel Blanes, 1132
11200 Montevideo
Tel. (598 2) 402 73 42 y 402 72 71
Fax (598 2) 401 51 86

Venezuela
Avda. Rómulo Gallegos
Edificio Zulia, 1º - Sector Monte Cristo
Boleita Norte
Caracas
Tel. (58 212) 235 30 33
Fax (58 212) 239 10 51

Newton la huella del fin del mundo
Esta obra se terminó de imprimir en Marzo de 2014
en los talleres de Impresora Tauro S.A. de C.V.
Plutarco Elías Calles No. 396 Col. Los Reyes.
Delg. Iztacalco C.P. 08620. Tel: 55 90 02 55